미안하다

P 피닉스문예10

미안하다

Sorry

지은이 표성배
펴낸이 조정환
책임운영 신은주
편집부 김정연
표지 디자인 조문영
홍보 김하은
프리뷰 표광소

펴낸곳 도서출판 갈무리 등록일 1994. 3. 3. 등록번호 제17-0161호
인쇄 2017년 6월 12일 발행 2017년 6월 16일
종이 화인페이퍼 인쇄 예원프린팅 제본 은정제책

주소 서울 마포구 동교로 18길 9-13 [서교동 464-56]
전화 02-325-1485 팩스 02-325-1407
website http://galmuri.co.kr e-mail galmuri94@gmail.com

ISBN 978-89-6195-162-3 03810

값 15,000원

* 이 책은 경남문화예술진흥원의 문화예술지원금을 보조받아 발간되었습니다.

이 도서의 국립중앙도서관 출판시도서목록(CIP)은 서지정보유통지원시스템 홈페이지(http://seoji.nl.go.kr)와 국가자료공동목록시스템(http://www.nl.go.kr/kolisnet)에서 이용하실 수 있습니다. (CIP 제어번호 : CIP2017010479)

미안하다

표성배 시산문집

갈무리

머리말

미안하다.
미안하다는 말,
이 말만큼 미안한 말은 없을 것이다.
생각만 해도 벌써 몸과 마음이 온통 미안해진다.

공장 폐쇄와 맞닥뜨리고부터
그날그날 일기처럼 이 글을 썼다.
쓰면서 가장 큰 마음속 짐은
이 땅에서 노동자로 살아가는 부모 마음이 어떨까
짐작만이라도 해 보는 시간이었다.
그것도 공장 폐쇄로 인해
당장 일터에서 쫓겨날지 모르는 처지가 된 부모라면
아이들 앞에 두고 그 마음이 어떨까.
나아가 길게는 수십 년 짧게는 수년 동안
함께 부대끼며 생활해 온 공장 동료를 생각하는
마음 또한 간절하였다.

공장이 언제라도 문을 닫을 수 있다는 것을
노동자들 대부분은 잊고 산다.
그만큼 순박하다고 해야 할까.
이런 순박한 노동자들이 열심히 일만 하다

어느 순간 공장 문이 닫히면 그 결과는 혹독하다.
상상을 초월한다.
자신이 살아온 삶을 부정하지 않고는 설명되지 않는다.

2015년 11월 26일은 잊을 수 없다.
자의든 타의든 희망퇴직이란 이름으로
약 40%의 동료가 공장을 떠나는 동안
함께 고민하고 위로하고 분노했던
그 시간을 여기 남긴다.
공장은 단순히 일만 하는 곳이 아니다.
한 노동자의 삶이 오롯이 배어 있는 삶터다.
이러한 삶의 터전을 잃는다는 것은
삶을 지속할 수 있는 끈 하나를 빼앗기는 것과 같다.

하지만,
이 불안한 끈에 우린 내일도 목이 매여 있다.

2017년 4월
표성배

차례

미안하다

오늘날 대한민국 노동자들 삶을 한마디로 표현하는 가장 적당한 말은 무엇일까? 찾을 수 있다면, 아마도 불안일 것이다. 불안. 불안한. 불안하다. 앞이 보이지 않는다. 캄캄하다. 절벽이다. 불안을 빼고는 어떠한 단어로도 설명되지 않는다. 불안 앞에는 내일이 없기 때문이다. 나락이다. 오늘이 불안하니, 내일도 불안하다. 아이들 현재와 미래가 불안하고, 부모님 노후마저 불안하다. 불안. 불안은 초조를 동반하고, 집중을 흩어놓고, 내일을 기약할 수 없게 한다. 몸과 마음이 뻣뻣하게 굳어 정상적인 즉, 일상적 생활을 할 수 없게 만드는 것이 불안이다. 더 캄캄한 것은 이 불안을 없앨 어떤 답을 명확하게 찾을 수 없으므로 장기적 만성적 불안이다. 한마디로 통째 불안이다.

불안한 삶은 하루하루가 지하갱도처럼 아슬아슬하다. 생의 끝처럼 차갑다. 노동자라고 다 그런 것은 아니라고 당신은 항변할지 모르지만, 크게 보면 초대기업 노동자나 대기업 노동자나 중소기업 노동자 할 것 없이 불안한 것은 마찬가지다. 언제 공장에서 쫓겨날지 모르기 때문이다. 60세가 정년이라고 취업규칙에 단체협약에 정부가 펴내는 홍보물에 반듯하게 인쇄되어 있지만, 정년이 보장되는 곳은 한 곳도 없다. 정년보장이라는 조항은 이미 사문화死文化된 조항이 된 지 오래되었다. 심지어 기업도 정년이 몇 세까지라고 홍보하지 않는다. 노동자들 삶이 불안한 이유가 많겠지만, 반듯하게 보장되지 않는 정년이 노동자를 불안의 늪에 빠트리고 있다. 공장에 목을 매고 사는 노동자들 목을 더 강하게 조이고 있다. 불안한 삶과 정면으로 마주 서서 불안과 눈을 맞추지 않는 한 이 땅 노동자들에게는 죽을 때까지 정년은 없다.

정부는 지금도 임금피크제*를 통한 정년을 늘려야 청년 일자리가 창출된다고 한다. 한편으로는 노동이 경직되어 있다고 한다. 노동 유연성柔軟性을 이야기한다. 노동시장 유연성이란 한마디로 노동력이 자유롭게 이동되어야 산업현장이 활력을 되찾는다고 한다. 자유롭게 이동된다는 것은, 고용 관계를 단절하거나 파견이나 하청과 같은 간접고용, 배치전환 및 이동, 그리고 성과에 따른 임금지불 등 노동자들을 불안하게 만드는 것이 노동 유연성의 본질이다. 정년 보장과는 정반대의 이야기다. 임금피크제는 정년 보장을 내세워 임금을 덜 지급하겠다는 그 이상도 이하도 아니다.

* 일정 연령(피크 연령)이 지난 장기근속 직원의 임금을 줄여서 고용을 유지하는 제도. 우리나라에서는 대부분 일정 연령에 도달한 시점부터 정년까지 임금을 삭감하는 정년 보장형을 채택하고 있다.

지금. 오늘도 공장 폐쇄나 정리해고 희망퇴직이라는 명분 앞에 노동자들이 공장에서 쫓겨나고 있다. 노동자들이 공장에서 쫓겨나는 순간 그의 신분身分은 흔들린다. 바뀐다. 신분 상승이 아니라 하락이다. 그때야 밥 앞에 평등해진다. 밥은 자신을 높이지 않는다. 표본조사를 인용하지 않아도 이 땅 노동자들이 얼마나 미래에 대한 불안을 안고 살아가고 있는지 알 수 있다. 하루가 멀다고 희망퇴직이란 명분으로 공장에서 쫓겨나는 뉴스를 무덤덤하게 접하며 우리는 산다. 그러나 노동자들이 불법파견이나 불법적인 정리해고나 공장 폐쇄 등에 맞서 송전탑이며 공장 옥상, 크레인 위나 심지어 광고탑에까지 올라가서 밥을 위해 밥을 굶어도, 노동자를 대변해야 하는 노동부는 자본을 대변하고 있고, 정론을 펼쳐야 하는 언론은 이를 모른 체한다. 한마디로 유사이래有史以来 국가가 노동자 편에 선 적은 한 번도 없다.

이게 현실이다. 현실은 실체다. 따로 무슨 증명이 필요치 않다. 마산 자유수출에 있는 한국산연은 2016년 9월 30일 자로 생산 부문을 전면 폐지하고 직원 전원을 해고 하겠다고 노동조합에 통보했다. 단체교섭도 거부하고, 정리해고 회피 노력도 하지 않고, 경남지방노동위원회의 중재도 거부한 채, 이것이 자본의 실체다. 불법이라는 족쇄는 언제나 노동자에게나 해당되는 말이다.

* 한국산연은 지난해 전 생산직 사원을 정리해고 했다. 경남지방노동위원회는 이를 부당해고라고 판정했는데, 한국산연은 노동자들을 현장에 복직시키지 않고 노동자들의 투쟁에 고소고발을 남발하고 있다. 출처 / 경남도민신문(2017.02.22.)

노동자가 산업 전사戰士였던 시절이 있었다. 전사. 전사는 군인이 전쟁터에서 싸우다 목숨을 잃었을 때 쓰는 말이다. 공장에서 하는 일을 전쟁과 동일시하는 말. 산업 전사. 산업현장에서 일하다 죽은 노동자 이름 앞에 붙이는 말, 산업 전사. 그 산업 전사들 목숨과 수많은 산업 상이용사의 피땀으로 얼룩진 대한민국 산업화 시절은 한마디로 노동자에게는 지옥이나 다름없는 시절이었다. 그 속을 아버지 세대들이 목숨 걸고 헤쳐 나왔으며, 그 목숨 대가인 피를 받아먹고 자식들이 자랐다. 세월이 흐르고 보니 목숨을 바치고 팔다리를 저당 잡혀 일군 경제발전이라는 열매는 다 어디로 가고, 있는 돈 없는 돈 학원에 학교에 바쳐 공부한 자식들은 고용불안에 시달리며 하루가 멀다고 공장에서 쫓겨나고 있다. 대한민국을 서독 경제부흥을 지칭하는 라인 강 기적에 빗대어 한강의 기적이라며 칭송하지만, 그 칭송의 그늘에는 수많은 산업 전사와 상이용사의 피눈물이 배어 있다.

노동자의 고용은 장기 근무자와 단기 근무자로 구분되는 게 일반적이다. 필요 때문에 일정 기간 고용하는 단기 근무자 임금이 장기 근무자 임금보다 높은 게 그래서 설명된다. 하지만, 우리나라는 그 반대다. 하루하루 일거리를 찾아 헤매는 단기 근무자들 삶은 연명延命이라는 말로밖에 표현할 방법이 없다. 하루를 연명하는 사람들이 갈수록 늘어나고 있다. 그만큼 삶은 더 불안해지고 있다. 갈수록 행복지수가 떨어지는 것은 미래가 불안하기 때문이다.

* 한국산연, 에스엔티 중공업, 케이비알, 한국지엠 창원공장 비정규지회, STX 조선, 성동조선, 세신버팔로, 피엔에스 알미늄, 그리고 … , 앞에 열거한 사업장은 길게는 몇 년째 고용보장과 정리해고 철회, 불법폐업, 공장폐쇄, 희망퇴직, 분사, 반복되는 부당휴업, 임금피크제 강요, 임금체불 등으로 고용불안을 겪고 있는 마·창 지역의 대표적인 사업장이다.

고용의 형태 또한 초대기업 노동자와 대기업 노동자 그리고 중소기업 노동자와 영세사업장 노동자, 정규직 노동자와 비정규직 노동자 소위 아르바이트라는 시간제 노동자로 나뉜다. 비정규직에는 일정한 기간 일을 하는 기간제 노동자도 있다. 초대기업 노동자와 대기업 노동자는 그나마 고용이 어느 정도 보장되고 임금도 안정적이다. 그와는 반대로 중소기업 노동자와 비정규직 노동자의 고용은 항상 불안하고 임금도 먹고사는 데 빠듯하다. 층층이 나뉜 고용 형태는 카스트 제도보다 더 경직된 현대판 카스트 제도다. 이게 밥을 앞에 둔 노동자 신분을 구분하는 하나의 기준이다. 즉, 노동자 신분이 초대기업 노동자와 대기업 노동자, 중소기업 노동자와 영세사업장에 고용된 노동자로 구분되고 더 나아가 크게 정규직과 비정규직으로 구분된다. 이건 대한민국에서 모든 국민이 평등하다는, 평등이라는 말 뒤에 숨은 엄연한 불평등이며 갈수록 견고해지는 계급이다.

2017년
여기는 대한민국

노예해방선언이 있은 지 154년
제정러시아 황제 알렉산드르 2세가 내린
농노해방에 관한 법령이 선포된 지 156년
새로운 계급사회가 도래하다

정규직 그리고,
그러나, 비정규직

공장 밖에서나 공장 안에서나
정규직과 비정규직은
그냥 글자의 차이가 아니다
엄연한 계급의 차이이다

—「신新계급사회」 전문

1997년 아이엠에프 외환위기 이후 갈수록 안정적이고 좋은 일자리는 줄어들고 있다. 한곳에 오래 머물지 못하는 이유를 불안한 일자리에서 찾는다. 현실은 나아질 징조徵兆가 보이지 않고, 산업화와 민주화를 일구어냈던 기성세대처럼 작금의 현실을 바꾸어 내기 위해 고군분투孤軍奮鬪해야 할 젊은 세대의 열정도 보이지 않는다. 이게 대한민국 현실이다. 그 현실이라는 시간 속에서 밥을 구하고 있다. 밥과 경쟁하는 사회가 되었다. 친구도 동료도 모두가 밥으로 보인다. 밥은 이미 단순히 먹고 사는 문제를 넘어 불안한 나날 앞에 발가벗겨진 나의 너의 우리의 모습이 되었다.

한번 불안한 마음을 가지게 되면 그게 트라우마로 남아 끊임 없이 하루하루를 괴롭힌다. 자라 보고 놀란 가슴 솥뚜껑 보고 놀란다고 아이엠에프 외환위기 때 매우 놀란 기억에서 쉽게 벗어나지 못하는 이유가 거기에 있다. 잘 돌아가던 공장이 하루아침에 문을 닫고 사라지는, 영화 속 이야기가 아니다. 판타지 소설이 아니다. 아무도 놀라지 않는다. 내 이웃 이야기고, 내 이야기다. 오늘날엔 당연하고도 엄연한 사실이 되었다. 그래도 쉽게 받아들이지 못하는 것은 공장이 그냥 밥을 벌어먹는 단순한 공간이 아니기 때문이다.

밥 앞에 무릎 꿇지 않는 노동자는 없다. 단정적이라고 비난하지 마라. 백 번이고 천 번이고 무릎 꿇고 밥을 구하는 것이 이 땅 노동자다. 한 집안의 가장家長이다. 사회보장제도가 열악한 대한민국에서 가장의 수입은 절대적일 수밖에 없다. 그래서 노동자들이 가족의 미래와 책임감 앞에 머리띠를 매고 공장에 목을 매는 것이다. 그래서 우리는 '해고는 살인이다.'라고 말한다. 이보다 더 정확하고 적확한 표현은 없다. 그래서 '해고는 살인이다'라고 외칠 때마다 내 몸에 먼저 오소소 소름이 돋는다.

해고는 한 사람 생을 한 집안을 파산시키는 무지막지한 태풍이다. 밥 앞에 무릎을 꿇든, 그렇지 않든, 해고라는 칼날은 비껴가지 않는다. 지금과 같은 현실이 계속 이어지면 약간 빠르고 느린 순서만 있을 뿐이다. 그러나 천만이 넘는 이 땅 노동자는 그런 현실을 외면하고 있다. 이유가 무엇인가? 무엇이 문제인가? 교육과 언론이 문제라고들 한다. 자본이 천박해서 그렇다고도 한다. 개인주의 이런 말은 하지 말자. 만약 그렇다면 교육을 바꾸고 언론을 바꾸고 자본에 대항하는 일에 동참해야 하지만 현실은 난감하기 그지없다. 그렇다면 현실은 무엇인가? 밥, 나는 밥이 문제라고 본다. 눈앞에 밥, 밥 속에 답이 있다고 본다.

사실 이것은 개인 이기주의가 아니라 한 시대, 한 사회의 문제다. 스스로가 이 불합리한 문제에 대한 문제의식이 없기 때문이라고 몰아세우는 것도 맞지 않는다. 보라. 산업화 시절 현장 노동자보다 노동자가 처한 현실의 불합리를 고발하고 바꾸어내기 위해 자기희생을 치른 깨어 있는 지식인이나 학생들 헌신이 밀알이 되어 87~88년 노동자 대투쟁을 끌어내지 않았나. 이건 부정할 수 없는 사실이고 진실이다. 그런데 왜 우리는 이 진실 앞에 눈을 감고 모른 체하는가. 왜 이렇게 되었는지 나 자신에게 먼저 물어본다.

밥은 고결하지도 빛나지도 않는다. 그냥 제자리를 지키고 있을 뿐이다. 그런데도 밥이 계급을 만든다. 아니 누군가 밥 앞에 줄을 세우고 계급을 강요한다. 밥은 누구나 하루 세끼 공평하게 먹어야 한다. 그게 밥이다. 그래서 밥은 소박하다. 그래서 더 위대하다. 그게 밥이 가진 힘이다. 그런데 밥이 불안하다. 한 끼 밥이 아슬아슬 줄타기하는 순간, 온 집안이 흔들린다. 한 번 흔들리고 내려앉으면 무릎을 바로 세울 수 없다. 일어설 수가 없다. 끝이다. 이게 오늘날 대한민국에서 살아가는 노동자의 현실이다.

패배를 경험하는 동안
알게 되었다
패배는 단순한 패배만을 말하는 것이
아니라는 것을

패배가 패배가 아니라
내일이 없는 절망으로 다가섰을 때
패배는 패배가 된다는 것을

나이 오십이 되도록
패배보다 무서운 게 절망이라는 것을
나만 몰랐다
패배를 인정하는 순간
패배는 절망이 된다는 것을
나만 몰랐다

갈수록 나는 패배하고 있다
나는 안다
내 패배는 점점 더 잦아질 것이라고
지난 패배가 말하고 있다
밑거름이 되어 말하고 있다

패배는 결코 비굴함이 아니다
치졸함이 아니다
내 패배는 밥 앞에 아이들 앞에
절망을 딛고 피는 꽃이다

—「절망을 딛고 피는 꽃」 전문

2015년 11월 26일

동지이자 존경하는 문영규 시인의 사십구재가 있는 날이다. 동인들과 차를 몰아 울진 영명사로 가는 길은 순탄치 않았다. 고속도로를 쌩쌩 달리던 차들이 갑자기 정체되지를 않나, 고도古都 경주를 지나면서 감시 카메라에 찍히지를 않나, 그렇지 않아도 궂은 날씨를 걱정했는데, 포항을 지나자 진눈깨비가 날리기 시작한다. 덩달아 바람은 심술처럼 나무를 휘감고 달리는 차가 휘청거릴 정도로 사납다. 국도를 따라 펼쳐진 짙푸른 동해東海는 금방이라도 거대한 파도를 만들어 북쪽으로 달리는 길을 집어삼킬 것 같이 으르렁거리고 있다. 잠시 차를 세우고 바람에 몸을 맡겨본다. 휴게소는 텅 비어 있다. 바람도 쉬지 않고 지나친다. 끝없이 펼쳐진 바다가 괴로운 듯 몸부림치고 있다. 바닷속으로 빨려들 것 같다. 겁난다. 우여곡절 끝에 도착한 영명사에서 늦은 점심 공양供養을 하던 중 공장 동료에게서 전화가 왔다.

마음. 잘 돌아가던 공장을 일말의 설명도 없이 폐쇄한단다. 점령군처럼. 영명사까지 오는 동안 변화무쌍한 날씨와 마음을 흔들어 놓던 시간을 되짚어 보았다. 어지러운 마음을 부처님이 먼저 알아챈 듯 대웅전 처마에 매달린 풍경이 나처럼 온몸을 진저리치고 있다.

* 2015년 11월 26일 회사는 현재 1공장, 2공장, 3공장으로 운영 중인 공장을 1공장과 3공장만을 운영하겠다고 공지를 했으며, 11월 27일 전 사원을 대상으로 경영설명회를 통해 2공장을 폐쇄하겠다고 하였다.

바람. 공장 폐쇄라는 단어가 주는 충격은 너무 컸다. 중심은 어디에도 없는 것 같다. 스님이 인도하는 곳에 평화는 있는가. 나에게 물어본다. 바람 소리가 대신 답하고 있다. 독경을 들으며 고요히 앉아 있기에는 가슴속이 너무 울렁인다. 고인을 보내는 동안 내 마음의 평화는 절에서도 찾을 수 없었다. 절에서 찾을 수 없는 마음의 평화를 어디서 찾을 수 있을까? 심장이 멎는다는 것은 어떤 표현으로도 표현할 수 없지만 나는 지금 심장이 멎을 것 같다. 도저히 가만히 앉아 있을 수 없어 혼자 대웅전 앞을 거닐어 본다. 바람이 거세다. 윙윙 바람도 울고 있다. 바람 소리 너머 바다 끝에 마음을 던져본다. 어느덧 스님의 독경도 끝나고, 바람도 잦아들고 있다. 이별은 길수록 좋지 않다.

밥. 잊지 말자는 말은 집착하지 말자는 말로 바꾸어야 한다. 사람도, 시간도, 이제 모든 것이 새롭게 출발하는 처음처럼 내일을 맞아야 한다. 스님의 마지막 말씀처럼 나도 어제와 잡았던 손을 놓고, 지금 이 시각과 헤어지고 내일과도 헤어져야 한다. 이별은 짧을수록 좋다. 그런데 왜 나는 공장과 이별하지 못하는가? 그것은 공장이 밥이라는 것을 나 자신 너무나 잘 알고 있기 때문이다.

어둠. 길섶에서 어둠이 솟고, 서쪽 하늘이 먼저 어둡기 시작한다. 마산으로 되돌아오는 길이 왜 그리 멀고 험하기만 하던지. 캄캄한 어둠 속에 내동댕이쳐진 것처럼 내일은 어디서 어느 길로 가야 하는지 길이 보이지 않는다. 처음은 없는 길을 만드는 것이 아니라 가다 보면 그게 길이 되는 것이다. 그래서 첫발이 어느 방향으로 향하는가에 따라 그 사람 삶이 결정되는 것과 같이, 너무 멀리 가기 전에 한 번쯤 되돌아보는 것도 한 방법이지만, 이미 나는 너무 멀리 왔다. 내 마음속에 길이 있다는 스님의 법문 한 구절을 소처럼 되새김질해 본다. 나는 아직 멀었다. 나이 오십에 나이만 오십이다. 어둠이 도로를 집어삼키고 있다. 차들이 눈에 불을 켠다. 내일부터 눈에 불을 켜고 밥을 구해야 할지 모른다. 이건 상상이 아니다. 달리는 차의 속도보다 빠르게 어둠이 도로를 집어삼키고 있다. 일시에 차들이 눈에 불을 켜고 어둠 속에서 길을 찾고 있다.

2015년 11월 27일

논과 밭. 아침부터 컨테이너 사무실 안은 깊은 침묵이 강물처럼 흐르고 있다. 강물의 깊이, 강물의 무게가 끝이 없다. 일 시작 종소리가 울려도 아무도 일할 생각을 하지 않는다. 형들도 아우들도 서성거리고 불안한 모습이 얼굴 가득하다. 나라고 예외는 아니다. 벌써 소식을 듣고 몇몇 걱정하는 전화가 걸려오기 시작한다. 공장이 생계 수단인 도시 노동자에게 공장 폐쇄는 죽음과도 같다. 그래서 공장은 먹을 것을 기르는 논이고 밭이다. 논과 밭은 농부의 땀이고 피다. 생명이다. 온 가족의 어머니고 아버지다. 한 나라의 산맥이고 강줄기다. 역사다. 우리 조상들이 생명보다 귀중하게 여겼던 논과 밭으로 다시 돌아가지 않는 한 이건 엄연한 현실이다. 부정할 수 없는. 그래서 자본주의 사회에서 공장은 논이고 밭이다. 우린 하루아침에 논과 밭을 잃었다.

내일. 이 땅 노동자들 현실은 언제나 참혹하다. 지난 역사가 증명하고 있다. 그래서 절망의 끈을 잡기도 하지만, 이상을 꿈꾸기도 한다. 희망이 없지만, 절망 속에서 하루를 한 달을 일 년을 버티는 것이다. 절망을 견디는 것이 희망이다. 버틴다는 말 앞에는 언제나 가족이 있다. 가족은 힘이다. 내일을 생각할 여유가 없지만 그게 내일이다. 그래서 사람들은 내일, 내일이라고 말하고 가슴에 새긴다. 가슴속에 씨를 뿌린다. 소중하게 키운다. 기도하듯 간절하게 내일을 간직한다. 적당한 물. 적당한 바람. 적당한 햇볕. 이 아름다운 단어들에 걸맞은 내일이 가슴속에서 잘 자라기를 바라며 두 손 모은다.

아이러니. 바람 불면 나무가 흔들리듯 나무는 바람 앞에 자신을 맡기는 일이 전부인 것처럼, 칼자루는 언제나 회사(자본)가 쥐고 있다. 1997년 아이엠에프 외환위기 이후 갈수록 정리해고 요건은 완화되고 있다. 어디를 가나 쉽게 볼 수 있는 이 구호를 어떻게 봐야 하느냐. "기업 경영하기 좋은 나라 기업 경영하기 좋은 도시"라는 광고 문구 앞에 꿇어앉아 있는 노동자를 상상한다. 심지어 큰 공부를 한다는 대학마저 취업률로 학생들을 줄 세운다. 대기업만 살고 모든 게 중심을 잡지 못하는 게 대한민국이다. 그 속에서 노동자들은 하루를 연명하고 있다. 초대기업 노동자들은 노동조합 힘으로 자신들 권리를 지켜가고 있지만, 온갖 손가락질과 언론의 집중포화를 받고 있다. 이게 대한민국 현실이다. 노동자가 없는 나라를 만들려는 것이 아니라면 이럴 수는 없는 일이다. 그러나 천만이 넘는 노동자는 모래알처럼 흩어져 자신을 쉬운 해고의 칼 앞에 줄을 세우고 있다. 서걱서걱 모래알 부딪히는 소리가 들린다.

공식. 공장 폐쇄 ― 희망퇴직 ― 권고사직 ― 정리해고, 이건 수학 공식과도 같다. 답은 이미 나와 있고 그 답을 누구나 알고 있다. 누구나 알고 있지만, 누구나 답을 모른다. 노동조합에서 내놓은 앞으로 대응과 지침, 이 단어가 가지고 있는 한계를 나는 잘 알고 있다. 1990년대 중반 우린 이미 경험을 했기 때문이다. 언제나 노동자들이 수세적인 위치에 서 있다. 그래서 한계가 뚜렷하다. 기회주의자들이 힘없는 자들 속에 숙주처럼 자라고 있고, 평화로울 때는 보이지 않다가 여기저기 불쑥불쑥 솟아나는 검은 그림자들에 대해 나는 잘 알고 있다. 지침과 대응의 한계를 거기서 본다. 나 역시 예외는 아니다. 평범함이 위대함이라는 역설도 변증도 통하지 않는다. 평범함은 그냥 평범한 것이다. 위대함은 그냥 위대함이다. 지금이 딱 그렇다. 그만큼의 사이를 가늠할 여유조차 없다.

거리. 공장 폐쇄 발표가 나고 이틀째다. 협력업체까지는 아직 이 불안의 공기가 감염되지 않았는지 여전히 망치 소리가 높다. 용접 불꽃이 튄다. 그라인더 소리가 공장 천장을 휘감고 있다. 공장은 아무렇지도 않게 숨을 쉬고 있다. 고철 장 옆 아까시나무도 그대로고, 보안요원처럼 공장 정문에 떡 버티고 있는 늙은 소나무도 여전하다. 나 혼자 구름보다 더 높이 붕 떠 있는 것 같다. 현실이 아니기를 바라는 마음은 다 똑같겠지만 현실은 현실이다. 이 현실을 마주한 동료의 마음이 다 같은 것은 아니지만 단 하나 같은 것을 찾으면 밥. 밥일 것이다.

공장이 흔들리자
밥이 흔들렸다
내 마음이 흔들리고
아이들 미래가 흔들리고
온 집안이
뿌리째 흔들렸다

1997년 외환위기 때도 그랬지만
2015년에도 달라진 게 없다
이건 대한민국에서
대를 이어 노동자로 살아가는
살아갈, 변하지 않는 밥이다

밥 앞에 평등하다는 말은
거짓말이다
아니, 밥 앞에 평등하다는 말은
참말인지 모른다
이 땅 노동자에게는,
어제도 오늘도
내일도 밥이 문제다

—「밥」 전문

밥. 우리가 공장폐쇄라는 당면한 문제 앞에 두려운 것은 밥, 밥 때문이다. 밥이 걸려 있기 때문이다. 밥은 모든 것으로 통하게도 하고, 모든 것을 벽처럼 막기도 한다. 밥은 그래서 전지전능하다. 사람을 웃게 만들 수도 울게 만들 수도 있는 밥, 밥 때문이다. 그래서 누구나 밥 앞에 무릎 꿇지 않을 수 없다. 그러나 그 밥을 거부하며 수십 일 동안 철탑 위에서 광고탑 위에서 공장 굴뚝 위에서 송전탑에 매달려 밥을 구하기 위해 싸우는 사람들이 사는 나라가 대한민국이다. 그 나라에 내가 살고 있고, 우리 아이들이 살아가야 한다. 아이들 앞에 아버지가 갖는 의무감이 무서운 파도가 되어 밀려든다. 아내 남편이고 아이들 아버지인 한 집안 가장으로서 책무가 밥의 무게가 되어 내리누른다. 밥은 무겁다. 무거운데 그 무게를 잴 수조차 없다. 첨단기술로도 잴 수 없는 무게, 그게 밥이다. 노동자의 밥이다. 피밥이다.

다시 밥. 하루에 어떤 단어를 가장 많이 사용할까. 납기, 정치, 스마트폰, 인터넷, 프로야구, 친구, 술, 커피, 음악, 자동차, 인문학, 길, 오늘, 내일, 세월호, 메르스, 역사 교과서 국정화, 금수저 흙수저 수저론, 대학입학, 취직, 말, 말이 많지만, 그보다 밥, 밥이 아닐까? 아침, 점심, 저녁, 눈 뜨자마자 무얼 먹을까. 자리에 누워서도 먹을까 말까. 함께 밥 먹자는 목소리. 함께 밥 먹으러 가자. 함께 밥 먹고 하자. 밥 먹고 술 마셔라. 밥 배 술 배. 입에 달고 있지만 잊고 있는 단어 밥, 따뜻한 밥 한 그릇, 밥 한 그릇을 위해 목숨까지 거는. 밥. 오늘과 내일을 있게 하는 모든 원초적인 것 중에서 가장 원초적인 밥. 그 밥이 불안하다. 밥이 불안하니 눈으로 보고, 귀로 듣고, 입으로 말하는 모든 것이 불안하다.

2015년 11월 28일

가장. 토요일이다. 평소 같으면 일이 있든 없든 출근했겠지만 그럴 마음이 생기지 않는다. 걱정 어린 아내 얼굴이 밤새 바위 돌의 무게로 다가와 가슴이 답답하다. 아파트 창문을 열어도 바람 한 점 없다. 여전히 들고 나는 차들로 아파트 정문은 바쁘다. 하릴없는 사람처럼 창문을 열어놓아도 시선 고정할 곳이 없다. 멀리 무학산이 안개에 싸여 보이지 않는다. 아침이 어떻게 오고 하루가 어떻게 갔는지 모른다. 창밖이 어룽하다. 이 걱정덩어리를 아버지 어머니에게는 말할 수 없다. 딸 시목이가 올해 대학 입학을 한다. 시목이는 서울에 있는 대학에 가고 싶어 하고, 실지로 이미 합격통지를 받아 두었다. 하지만 공장이 어떻게 될지 몰라 집에서 가까운 대학에 갔으면 하는 마음을 내비치기도 했으나, 이건 아니다 싶다. 어둠이 깔리고 삼천 원어치 순대를 앞에 놓고 소주를 마신다. 답은 없다. 없는 답 앞에서 답을 찾아야 한다. 그게 한 집안의 가장이다. 소주를 마신다. 아내는 말이 없고, 그러나 소주는 답이 아니다.

상실. 이런 마음은 처음이다. 1990년대 중반 노동조합 활동을 하다 징계위원회로부터 해고 통보를 받았을 때도 이런 마음은 아니었다. 그때는 한창 신혼이었고 아들 상목이가 태어난 지 얼마 되지 않았는데 말이다. 아마 젊었기 때문이었겠지만, 꼭 젊고 중년의 차이는 아닌 것 같다. 그 당시에 지금 내 나이가 된 형들도 함께 조합 활동을 했으니 말이다. 세계관世界觀 문제인가. 아니면 이미 나도 타성에 젖은 세대인가. 중요한 것은 그때는 무엇이든 할 수 있다는 자신감이 앞섰다면, 지금은 자신감보다는 책임감이 앞선다. 돌아보면 안일하게 살아온 것은 아니지만, 그렇다고 공장 폐쇄라는 이런 일에 대비하며 산 것도 아니다. 사실 이 땅 노동자들 대부분이 그렇겠지만 먹는 문제와 집 문제 그리고 애들 학교 보내고 하다보면 어떤 대비를 한다는 것은 어려운 일이다. 하루 앞도 내다보기 힘든 삶을 우리는 살아가고 있다. 그렇다고 마냥 손 놓고 있을 수는 없지만, 또 손 놓고 있는 사람도 없다. 그러나 무엇이든 늘 눈앞에 와야 보인다. 그게 안타까운 노동자들 삶이다.

생각한다. 나는 부정할 수 없는 정규직 노동자로서 나름 편안하게 살아왔다. 비정규직이 갖는 고용 불안에서 그나마 벗어난 시간을 살아왔기 때문이다. 그렇다고 대단한 임금을 받은 것도 아니지만, 하루하루 연명하지도 않았다. 그러나 지금에야 나는 나 자신에게 먼저 화가 난다. 이건 나만의 개인 문제가 아니다. 하루아침에 공장을 폐쇄한다는 결정을 내리는 경영자들에게 분노하지 않을 수 없다. 왜 우리는 항상 밖에서 불어온 바람에 몸과 마음이 송두리째 흔들리면서도 '나 때문에'라고 치부하는 버릇이 생겼을까? 노동자들이 갖는 한계라고, 모든 게 내가 문제라고, 자신을 탓하며 그 속에서 문제를 바라보는가. 공장이 문을 닫게 된 것에는 여러 가지 이유가 있겠으나 그래도 이건 아니지 않은가? 공장과 노동자는 한 몸이라고 입에 달고 살았지만, 오늘은 나 자신에게 물어본다. 공장이라는 옷을 언제까지나 입고 있을 것이라는 그 안일함에 대해 생각해 본다. 생각할수록 화가 치밀고, 부끄럽다.

2015년 11월 29일

참새. 아파트 현관문을 나서며 참새를 생각했다. 대밭이나 싸리 나무 사이를 잘도 날아다니는 참새, 심지어 시퍼런 탱자 가시마저 겁내지 않고 잘도 탱자 울 사이를 드나드는 참새를 보며 신기해한 적 있다. 아무리 몸집이 작아도 그렇지 마음으로부터 탱자 가시를 두려워한다면 쉽게 드나들 수 없을 것이다. 두려움. 뒤집어 말하면 탱자 가시가 천적으로부터 참새를 보호해 주는 역할을 한다는 어느 시인의 이야기를 들으며 고개를 끄덕였던 적 있다. 그러고 보면 지금까지 공장에 다니면서도 나는, 나도 모르게 이미 탱자 가시를 두려워하고 있는지 모른다.

탱자 가시. 일요일이지만 평소와 같이 출근했다. 참새처럼, 탱자 가시가 시퍼런 탱자 울 속으로 출근했다. 김 형을 현장에서 만났다. 그분도 걱정이 한 짐이었다. 대학에 진학하는 딸 때문에 걱정이 많은데, 회사 문제까지 겹치니 한숨이 두 배로 무겁단다. 컨테이너 사무실에서 박 형을 만났다. 누구나 똑같은 심정이었겠지만, 공장 폐쇄 발표가 나고 잠을 잘 수 없었다고 한다. 담배를 한 갑이나 연달아 피웠다고 긴 한숨을 내 쉬었다. 현실을 믿고 싶지 않은 것은 황당하기 때문이다. 얼토당토않기 때문이다. 공장. 고개 들어 둘러보니 탱자나무에 탱자 가시가 없다. 가시 없는 탱자나무로 쳐진 울은 바람도 두려워하지 않는다. 누가 탱자나무 가시를 없앴나, 나 자신에게 물어본다.

흰소리. 사람들이 엄연한 사실을 앞에 두고 믿지 않는 것은 믿지 않는 것이 아니리라 믿고 싶지 않은 것이다. 그래서 볼을 꼬집기도 하고, 스스로 뺨을 내놓기도 하는 것이지만, 그런 행위 이전에 이미 사실은 사실이다. 불안한 마음 다잡을 수 없다는 박 형 앞에서 나도 같은 마음이 한 마당이지만 덩달아 맞장구를 칠 수는 없었다. 그분에게 또 나에게 스스로 용기가 필요했기 때문이다. 힘내서 함께 이 불합리한 현실과 맞짱 뜨자고 흰소리를 쳤다. 그 말이 가야 할 길이 얼마나 무겁고 어두운 길인지 나는 잘 알고 있다. 경험은 믿음이 되기도 하지만, 때론 상처가 되어 되돌아오기도 한다. 그래서 믿음과 상처 사이에는 긴 강이 흐른다. 어느 쪽을 선택하든 강을 건너야 한다. 강은 넓고 깊고 물살은 거칠고 시퍼렇다.

시간. 일요일이라 그런지 공장은 좀 한산하다. 망치 소리도 가끔 들리고, 그라인더 소리도 조금은 여유가 있어 보인다. 누구나 쉬고 싶은 게 일요일이다. 그러나 쉬지 못하는 일요일도 일요일이다. 오전 일만 마치고 퇴근하여 아내와 시목이와 저도 연륙교를 지나 바닷길을 따라 한 시간 정도 걷기로 하고 길을 나섰다. 생각보다 사람들이 많다. 바다 앞에 서보면 마음이 좀 편안해지려나. 그건 기우杞憂일지 모르지만, 아내와 딸과 함께 걷고 싶었다. 이런 단란한 행복(그래, 단란하다는 말이 얼마나 마음 깊이 와 닿나)이 또, 언제 있을지 모른다는 조바심 때문에 그냥 집에 있을 수 없었다. 바람 앞에서는 잔잔하던 바다가 배가 등을 긁고 지날 때마다 크게 몸부림치고 있다.

파도. 저 바다는 무엇을, 무슨 말을 나에게 하고 싶은 것일까? 힘내라고 어깨를 두드려 주는 것도 같다. 사는 게 그런 거라며 대수롭지 않게 말하는 것 같기도 하다. 그러나 내 눈과 마음은 바다가 하는 말에 귀 기울일 여유가 없다. 파도가 일렁이는 저 바다 끝, 거대한 도시가 먹구름을 이고 성처럼 웅크리고 있다. 그 속에 내가 쪼그리고 앉아 있다. 점점 작아져서는 한 점, 점처럼 사라지고 말 것 같다. 바다는 여전히 잔잔하다. 둘레 길을 따라 걷는다. 길을 걸으며 생각한다. 내 가슴을 짓누르는 실체는 공장 폐쇄도 아니다. 아우성으로 꽉 찬 도시도 아니다. 내 가슴 속, 내 생각이, 생각의 방향이 문제라고 나 자신 진단하고 처방해 본다.

파도 소리마저 그만,
잠재울 것 같은 어둠이 솟아나고 있다

한발만 헛디뎌도
저 어둠 속에 내가 묻힐 것 같다

하늘엔 별 대신
가로등이 먼저 눈을 뜬다

다행이다

앞서 걸어간 이의 발자국은 찾을 수 없으나
내 발자국도 표나지 않는 어둠이 내린 바닷가

아내와 딸을 남겨 두고
나는 지금 무슨 생각을 하는가

어둠이 더 짙어지기 전에 돌아가라고
파도가 말하고 있다

힘내라고 가만가만 어깨를 두드려주고 있다
파도 소리에 어머니 얼굴이 묻어온다

—「바닷가에서」 전문

어머니. 지난 며칠 동안 이성理性과 감성感性 사이에 경계가 없어졌다. 그만큼 조급해하고 있다. 바닷가에 와서면서도 바다보다는 도시를, 공장을, 밥을 생각하고 있다. 낙엽으로 뒤덮여 있는 숲길을 걸으며 미끄러져 넘어지면서도 마음은 다른 데 가 있다. 한 발을 떼어 놓을 때마다 두 다리에 힘을 줬다. 믿을 것은 두 다리밖에 없다지만, 마음이 먼저 겁먹고 있다. 산에서 내려오는 길을 따라 해가 지고 있다. 금방 어둠으로 뒤덮이고 마는 바닷가 작은 동네는 바람을 지붕으로 삼고 있었다. 어둠이 내려앉는 시간 바다는 더 포근해 보인다. 무사히 산에서 내려왔다. 발걸음 소리에 개가 먼저 반응한다. 개들은 살아 있다. 목소리 높이는 것을 보면 밥값은 하는 모양이다. 사람도 개도 밥값은 하고 살아야 한다. 어머니 목소리가 들린다. 아주 가깝다. 밥 잘 챙겨 먹으라고. 어디를 가든 '밥은 먹고 다녀'라고. 파도 소리가 어머니 목소리가 되어 가슴을 친다.

아프다. 어느 시인은 바람이 자신을 키웠다 한다. 어느 소설가는 외로움이 자신의 문학세계를 구축한 토양이 되었다 한다. 어느 정치가는 책상 앞에 써 붙여 놓은 의지가 오늘의 자신을 있게 했다 한다. 파도였다고 말하는 이도 있고, 정처 없는 방황의 시간이라고 말하는 이도 있다. 맞는 말이다. 바람도 외로움도 아픔이다. 한 곳만 바라보고 달리는 것은 얼마나 큰 아픔인가? 아픔으로 점철된 시간 위에 서 보지 않고서야 어찌 삶을 이야기할 수 있겠는가. 지금 나는 아픈가. 나 자신에게 물어본다. 지금 이 순간 이 시간이 어느 때 어느 시간보다 행복한 시간이라는 것을 잘 안다. 이미 해는 지고 길가 포장마차에서 어묵에 뜨거운 국물을 마신다. 내일. 살아 있다는 증거가 내일이다. 지금 이 시각 아내와 시목이와 함께 있는 이 시간이 속삭이고 있다. 내 생각이 미치지 못하는 곳, 내 눈길이 가지 못하는 곳, 그 어디쯤 별은 빛나고 있다. 내가 모를 뿐이다. 그래서 지금 이 순간이 처절하게 소중한 것이다. 언젠가는 이 시간을 되돌아보게 되리라. 나는 믿는다.

2015년 11월 30일

오늘. 아침이 여전히 눈을 반짝거리며 어제 아침처럼 성큼 내 앞에 와 있다. 정문을 들어서는데 현수막이 벚나무 허리에 묶여 두 눈 부릅뜨고 있다. 흔들리지 않으려 안간힘 쓰고 있다. "우리는 일하고 싶다. 공장 폐쇄 철회하라." 흰 바탕에 붉은 글씨로 목소리 높이고 있었지만, 처량해 보인다. 지금 내 심정과도 같다. 이제부터 시작이라는 어떤 출발점에 선 달리기 선수처럼 마음을 가다듬어 본다. 두 주먹을 쥐어 본다. 두 다리에 힘을 줘 본다. 두 눈에 현수막 글귀를 새겨본다. 가슴으로 안아본다. 한참 그렇게 서서 현실이 된 시간을 생각한다. 벚나무가 부르르 떤 것 같았다. 정문은 여전히 통제되고 있었다. 밤새 경비를 선 지친 보안요원이 문을 열어 주었다. 5시 15분경 이처럼 이른 시간에 출근한 지 십몇 년이 되었다. 그 긴 시간 동안 이 정문을 들어가서 안전하게 나오기를 반복했다. 두 발로 걸어 들어가 두 발로 걸어 나오지 못한 동료들이 몇 명인지 알 수 없다. 그래서 늘 고맙다는 말을 입에 달고 살았다. 고맙다. 고맙다. 이 하루가 고맙다.

밝고 맑고. 지금 눈앞에 버티고 있는 공장 폐쇄라는 벽이 암담하지만 그대로 주저앉을 수는 없다. 내일은 내일의 태양이 뜬다는 노랫말을 되뇌어 본다. 힘이 솟지 않는 것은, 노래 가사로는 역부족이기 때문이다. 맑은 빛. 맑은 힘. 이런 단어를 떠올려 본다. 맑고. 밝고. 밝고. 맑고. 앞서거니 뒤서거니 밝고 어둡고. 맑고 흐리고. 칙칙한 생각이 아침 태양과 함께 스멀스멀 솟아오른다. 오늘 태양은 어제 태양이 분명하지만, 오늘 나는 어제의 내가 아니다. 스스로 물어본다. 정문에 버티고 있는 현수막 무게에 대해, 바람에 맞서는 깃발의 의미에 대해. 동료와 함께했던 지난 시간 그 소중함에 대해, 다시 하루가 시작되었다. 이 하루가 오롯이 나의 하루다. 당신의 하루다. 저만치 걸어오는 박 형에게 반갑게 인사를 건넨다. "일찍 나오셨네요. 형님", "잠이 와야지" 형 얼굴에서 잠시 잠깐 밝은 빛이 머물다 간다.

2015년 12월 01일

부모. 정리해고 법률요건에 대해 찾아 정리해 봤다. 4대 법적 요건으로는 1. 긴박한 경영상 필요 2. 해고 전 해고회피 노력 3. 해고자의 공정한 선정 4. 직원 측과의 사전협의가 4대 법적 해고 회피 요건이지만 '긴박한 경영상의 필요성'이 가장 중요한 요소이다. 하지만 아쉽게도 아이엠에프 외환위기 이후 해고가 점점 쉬운 쪽으로 기울고 있다. 참담하다. 지금 이 시각이, 아버지는 늘 말씀하셨다. 병원과 경찰서 근방에는 가지 않는 게 좋은 일이라고. 그런데 현실은 늘 그렇지 못했다. 그래서 아버지 어머니 속을 썩이기도 했다. 시목이는 건국대에 가기로 마음을 정했다. 아버지 어머니가 그랬듯 내가 걸어온 길을 더듬어 본다. 차마 집에서 가까운 대학에 진학하라는 말을 꺼내지 못했다. 점점 나도 아버지 어머니가 되어가고 있다. 그럴수록 아버지 어머니 마음 가까이 가기에는 한참 역부족이다. 아직 나는.

빛. 소주 한잔한다. 소주. 발효된 곡류나 고구마 등을 증류해서 만든 맑고 투명한 술. 소주. 고구마나 당밀 등을 원료로 하여 만든 주정(에틸알코올의 별칭)을 희석한 희석식 소주. 지금 내 앞에 있는 소주. 푸른 병에 담겨 있는 푸른 빛깔의 소주. 소주병에서 나오자 제 빛깔을 잃은 듯 흰 빛깔이다. 목으로 넘어가는 소리가 흰소리다. 가슴을 타고 내리는 소리가 흰소리다. 몸에 차곡차곡 쌓일수록 흰소리가 넘친다. 소주는 흰 빛깔이다. 그게 제 빛깔이다. 병이라는 푸른 옷을 벗어 던지자 제 빛깔을 찾을 수 있었다. 나는 무슨 빛깔 옷을 입고 나를 감추고 있는가. 생각이 미치는 곳에 마음은 따라 내려가기도 올라가기도 한다. 벗을 것이 내려놓을 것이 무엇인지 더듬어 본다. 아직 밤이 다 가기에는 시간이 많이 남았다. 소주가 떨어졌다. 흰 빛깔 소주는 간데없고, 푸른 빛깔 소주병만 남아 속을 드러내 놓고 있다. 유리 지갑처럼 속이 다 보인다. 속이 다 보이는 것들은 가볍다. 그러고 보면 나는 늘 가볍게 살아왔다. 몸도 마음도 너무 가볍게 행동하며 살았다. 빈 소주병이 툭 넘어진다.

흥분. 소주는 나를 흥분하게 만든다. 조용하던 목소리를 높이기도 하고, 온화한 얼굴을 울그락불그락 변하게도 한다. 객기를 부리게도 하고, 없던 용기를 주기도 한다. 그게 소주다. 소는 색맹이라고 한다. 투우사가 빨간 깃발이나 천을 흔들어 소를 흥분시킨다고 생각하지만 사실 소는 빛깔을 구분하지 못한다. 그런데 나는 왜 맑은 빛 소주 때문에 흥분하는가. 개구리 입을 강제로 벌려 놓으면 개구리는 숨이 막혀 죽는다고 한다. 강제로 내 입을 벌려 놓기에 바쁜 소주. 소주는 나를 흥분시키고 나의 숨통을 죄고 있다. 차라리 눈꺼풀이 없는 토끼처럼 잠을 자고 싶다. 누가 강제로 개구리 입을 벌리나, 누가 붉은 깃발을 흔드나, 빈 소주병이 휘파람을 분다.

2015년 12월 02일

횡포. 제작팀에서 종합직이 반이나 사직서를 냈다. 모든 부서가 반 이상 잘려나가고 있다. 아니 땐 굴뚝에 연기 나랴. 소문은 늘 사실일 확률이 높다. 사무직군이 반 이상 잘렸다면 기술직인 현장도 반 이상 잘려야 한다. 세상에는 말이 되지 않지만, 말이 되는 일이 많다. 이건 사람과 사람 사이 일이 아니라 노동자와 자본의 관계이다. 좀 심하게 말해서 노동자는 단순하게 먹고살기 위해 일하지만, 자본은 더 많은 이익을 남기기 위해 눈에 불을 켜고 있기 때문이다. 거북이와 토끼처럼 출발부터 경쟁 상대가 아니다. 그래서 항상 어려움에 부딪히는 쪽은 노동자다. 노동자 가슴에는 치유되지 않는 상처의 골이 깊다. 이 골은 죽어도 메울 수 없다. 그래서 대를 이어 노동을 하고 있다. 신분이 없어진 사회라고 말하지만, 신분이 더 공고해진 사회가 자본주의 사회다.

시시포스. 누가 자본주의에 ‘자유’를 갖다 붙이나. 굴러떨어질 줄 알면서도 바위를 밀어 올리는 시시포스의 끝없는 노동. 바위가 굴러떨어지고 다시 바위를 밀어 올리기 위해 터벅터벅 산에서 내려오는 시시포스의 모습에서 하루 일을 마치고 내일 또 일하기 위해 터벅터벅 공장 정문을 나서 골목을 돌아 집으로 돌아오는 이 땅 노동자를 떠올리는 것은 우연이 아니다. 그러나 일말의 설명도 없이 어느 날 갑자기 이 노동마저 할 수 없게 만드는 공장 폐쇄는 횡포라는 말 밖에 달리 설명할 길이 없다. 나는 아직도 이 현실을 쉽게 받아들이지 못한다. 불과 며칠 전까지만 해도 납기에 쫓기는 꿈을 꾼 것이 누구인가? 황당하다는 말은 이럴 때 쓰는 말이다.

바람이 불 때마다
깃발은 제 가슴을 달구고 있다

바람이 불 때마다
깃발이 몸을 흔들고 있다

바람이 불 때마다
깃발이 격렬하게 말을 하고 있다

그러나 깃발은 한 번도
바람을 미워해 본 적 없다

바람에 의해 깃발은
저 자신을 키우고 단련시키기 때문이다

그래서 모든 깃발은 누워 있어도 깃발이고
말하지 않아도 깃발이다

오늘도 깃발이 바람에 몸을 맡기고
바람과 동행하고 있다

―「깃발은 찢어져도 깃발이다」 전문

마음. 불안은 마음속에서 키우는 것이지만 그 마음을 나도 어찌지 못할 때가 많다. 그런 날일수록 아프다. 모든 게 아프다. 한진중공업이나 쌍용자동차 정리해고에 대해 분노하고 아파하고 그 아픔을 그 분노를 시詩로 쓰고, 희망 버스를 함께 타기도 했으나 문제를 근본적으로 해결하는 데는 언제나 한계가 있다는 것을 알고 있다. 90년대 후반 아웃소싱이 진행될 때 이미 우린 몸으로 체험했기 때문이다. 노동자는 약자이고, 양날의 칼끝에 불안 불안하게 매달려 있기 때문이다. 그렇다고 포기할 수는 없다. 포기해서도 안 된다. 그게 노동자의 현실이다. 가슴을 열어 보면 안다. 오늘도 수많은 내가 공장에서 일하고 있다. 수많은 내가 공장에서 쫓겨나고 있다. 수많은 내가 밥을 구하기 위해 공장 정문 앞에 줄을 서 있다. 수많은 내가 머리띠를 매고 있다.

웃음. "나는 지금 웃을 기분이 아니야./이렇게 목줄을 매 놓고/웃으라고 하면 당신의 입을 찢어놓을지도 몰라"* 내 심정이 지금 꼭 이래. 오늘 협력업체 동료들도 여러 사람이 걱정의 마음을 건네고 갔다. 고맙다. 그래서 우린 같은 노동자다. 그러나 현실은 우리를 갈가리 찢어 놓고 있다. 정규직과 비정규직으로 직영과 협력업체로 계약직으로…, 이럴수록 마음을 달래기 위해 책을 읽고 시로 표현하라고, 어느 시인이 나에게 문자를 보냈다. 답해 주지 못했다. 나는 지금 그 문자에 답장할 기분이 아니다. 그만큼 여유가 없다. 웃어도 웃는 게 아니다. 누가 내 밥줄을 쥐고 웃음을 강요하나. 그런데 나는 지금 입을 찢을 힘이 없다. 그게 이 땅 노동자들이 처해 있는 현실이다.

* 김승희의 시 「서울의 우울 15」 부분

분노. "공장 폐쇄는 조삼모사다. 일방적 공장 폐쇄는 횡포다. 회사는 공장 폐쇄 철회하라. 회사는 회사를 이렇게 만든 경영진에게 책임을 물어라." 대자보가 공장 곳곳에 붙어 있다. 참담함을 넘어 분노가 솟는다. '지금은 분노하고 저항해야 할 때'라는 스테판 에셀의 『분노하라』가 떠오른다. 왜 우리는 분노하지 않는가. 분노에도 용기가 필요하기 때문이다. 늦었지만 지금 이 순간, 나는 너는 우리는 분노할 때다. 무심코 그냥 지나쳤든 그렇지 않았든 무관심에 대해, 무엇보다 나에 대해, 먼저 분노한다. 몇 번이고 분노한다. 붉은 머리띠로도 모자란다. 가슴이 팽팽한 플래카드로도 모자란다. 둥둥둥 북소리로도 모자란다. 회사는 "공장 폐쇄 철회하라!" 아무리 고함을 질러도 돌아오지 않는 메아리 "공장 폐쇄 철회하라."

2015년 12월 03일

경영파탄 책임져라! 공장 폐쇄 철회하라! 경영파탄 책임져라! 공장 폐쇄 철회하라! 경영파탄 책임져라! 공장 폐쇄 철회하라! 경영파탄 책임져라! 공장 폐쇄 철회하라! 경영파탄 책임져라! 공장 폐쇄 철회하라! 경영파탄 책임져라! 공장 폐쇄 철회하라! 경영파탄 책임져라! 공장 폐쇄 철회하라! 경영파탄 책임져라! 공장 폐쇄 철회하라! 경영파탄 책임져라! 하루 내내 외쳐도 모자랄 구호. 너의 나의 나의 너의 분노. 우리의 분노.

제자리. 정리정돈은 제자리를 지키는 것. 요 며칠 사이 모든 것이 이탈해 있다. 제자리 지키고 있는 것이 없다. 망치를 찾으면 망치가 없고 줄자를 찾으면 줄자가 없다. 가지런하게 제자리 지키고 있던 것들이 눈에 보이지 않는다. 망치는 제자리 지키고 있는데 내 마음이 제자리에 없다. 줄자는 제자리 지키고 있는데 내 마음이 없다. 내 마음만 돌아다니고 있다. 모든 게 제자리에 있는데 내 마음만 없다. 답이 없다. 없는 답은 백지에서 다시 시작해야 한다는 말은 현실과 거리가 있다. 설사 그게 사실이라 해도, 지금은 답이 없다. 답은 없는데 문제만 있다. 그게 문제다. 이런 날일수록 하늘은 높고 햇볕은 따뜻하다. 그나마 고맙다.

고비. 오늘은 아침밥을 먹지 않기로 한다. 밥 한 끼 먹지 않는 것이 무슨 대수냐고 할지 모르지만, 밥 생각이 없다. 아니 밥이 목구멍으로 넘어가지 않을 것 같다. 1991년 12월 3일 입사를 했으니, 정확히 24년이다. 공장에 일거리가 많아 쌩쌩 잘 돌아갈 때도 있었지만, 숱한 어려운 고비를 넘어 여기까지 왔다. 돌아보면 고비가 왔을 때마다 그때가 가장 어려운 고비였다. 지금 이 순간도 언젠가 추억처럼 되돌아볼 수 있으면 좋겠다. 함께 입사했던 동료는 다들 어디서 무엇을 할까? 다 함께 먹고 산다는 것은 가 닿을 수 없는 유토피아인가. 고개는 오를수록 힘이 든다. 아버지를 생각한다. 아버지가 걸어온 길을 생각한다. 지금 나는 아무것도 아니다. 엄살을 부리고 있다. 나는 「입사 동기」라는 시에서 공장에 입사한 지 몇 년인지가 아니라 몇 명이 남아 있는지 물었던 적 있다. 더 나은 곳을 찾아 떠난 동료도 있지만, 사고로 유명幽明을 달리한 동료도 있다. 그래서 공장에 걸어 들어가서 걸어 나올 수 있는 것만으로도 고맙다는 그 마음을 오늘도 잊지 않고 있다.

정철이 형은 나보다 공장 밥 나이가 많다

효섭이 형은 정철이 형보다 쇠 밥이 더 많다

성규 형은 나보다는 쇠 밥이 많지만 효섭이 형보다는 적다

점기 형은 효섭이 형과 같은데 몇 년 있으면 나와 같아진다

그러고 보니 성규 형은 나보다 쇠 밥이 적어졌다

나보다 그라인더 밥이 적은 경봉이도 언젠가는 점기 형과 같아질 것이다 이미 성규 형보다 그라인더 밥이 많아졌다

나보다 쇠 밥이 적은 동생과 나보다 많은 형과 나와 같은 또래와 만난 지 이십사 년이 되었다 그런데 점기 형은 십칠 년 밖에 안 됐다 성규 형은 오 년밖에 안 됐다

내년이 되어도 그라인더 밥 오 년이고 십칠 년이다

가끔은 만난 지 몇 년이나 되었는지 헤아려 보다가도 나도 모르게 몇 명이나 남았나 헤아려 보고 있다

—「입사 동기」 전문

입사 동기. 헤아려 보니 80여 명이 입사入社해서 자의든 타의든 아니면 사고에 의해 떠나고 이제 딱 4명 남았다.

발자국. 다들 여기저기 삼삼오오 쪼그리고 앉아 담배를 피우고 있다. 오늘따라 날이 너무 차다. 전국에 눈이 내리고 있다는 보도다. 빙판길이 나와 너의 앞날 같다. 공장 야외 작업장을 휘몰아 한가득 먼지를 몰아온 바람이 대답처럼 내 앞에 던지고 간다. 눈을 감았다. 캄캄하다. 뜨고 싶지 않다. 어두운 거친 길을 선택하고 그 길을 온 힘을 다해 걸었던 옛사람들을 생각해 본다. 그들 발자국이 선명하고 발걸음 소리가 내 가슴에서 살아 뛰고 있다. 나는 아직 살아 있다. 살아야 할 이유를 찾는 데는 그리 많은 시간이 필요치 않다. 그러나 남아 있는 발자국보다 지워진 발자국이 더 많다. 누군가의 발자국 위에 또, 누군가의 발자국이 찍힌다. 그게 길이 된다. 지금은 길을 만들어야 할 때다. 한 사람도 걸어간 적 없는 그곳에 첫 발자국을 찍어야 할지 모른다.

나이. 저녁에 입사 동기 모임을 했다. 어느 때보다 즐거운 날이 되어야 하는데, 우울한 분위기에 눌리고 말았다. 앞으로 일이 걱정이라 다들 힘이 없어 보였다. 그리고 더 중요한 것은 나이 오십에, 바람 한 줄기에, 이렇게 그냥 흔들리는 자신을 확인하는 일이다. 이게 얼마나 참담한 일이냐. 허울뿐인 삶이냐. 나이만 먹었지 걸어다니는 그림자라고 확인하는 것은 비참하다. 소주가 왜 쓴지 말하지 않아도 안다. 그래서 채찍은 내가 먼저 맞아야 한다. 자본주의 사회의 구조적 모순이 어떻고, 세계 경제 침체가 어떻고, 그런 이야길 하고자 하는 것은 아니다. 오십이면 지천명知天命 하늘의 뜻을 아는 나이 그러니 어른이다. 아니다. 어른이다. 아니다. 참 부끄러운 어른이다. 아니다.

2015년 12월 04일

울음소리. 오늘은 출근하지 않고 하루 쉬기로 한다. 빈방에 홀로 남아 마음이 가는 길을 따라 되짚어 본다. 내가 할 수 있다고 마음을 다잡는데도 할 수 없다는 것에 기가 막힌다. 혼자서 팔용산을 올랐다. 자주 오르는 길이지만 낯설어 보였다. 오늘따라 바람이 얼마나 거세던지 바람 소리가 바람 앞에 몸 맡긴 나무들이 내는 울음소리 같았다. 능선에서는 몸조차 가눌 수 없었다. 바람은 그치지 않고, 발 아래 보이는 도시는 오히려 조용해 보였다. 한 발 한 발 뗄 때마다 몸이 휘청거렸다. 그때마다 삶이란 무엇인가 하는 근본적인 질문을 던져 보았다. 대답 대신 돌아오는 것은 누군가 아픔을 딛고 하루를 여는 울음소리뿐이었다. 바위 뒤에 잠시 몸을 맡겨본다. 바위마저 우는 소리를 내고 있었다. 세상 처음 소리가 울음소리라는 듯, 바람이 우는 소리인가. 바람을 마주한 나무들의 절규絶叫인가. 내가 우는 소리인가 누구 울음소리인지 나는 알 수 없었다. 아이가 세상에 태어나 첫울음으로 자신의 존재를 알리듯 울음은 신성한 것이다. 처음처럼 마음을 다잡아 본다.

영화. 오랜만에 아내와 대한민국 정치판 현주소와 같다는 〈내부자들〉을 보았다. 영화 속 주인공이 사건을 말끔하게 해결하는 것을 보고 통쾌함보다는 씁쓸함을 느꼈다. 현실은 전혀 그렇지 않다는 것을 다 알기 때문이다. 영화를 보는데 공장 동료로부터 전화가 왔다. 다음 주 월요일부터 희망퇴직을 받는다는 메일을 받았다고 한다. 희망퇴직이라. 희망이라는 단어가 희망이 되지 못한다는 것은 누구나 다 안다. 그런데도 희망이라는 단어를 여기저기 끌어다 쓴다. 이름 한번 잘 지었다. 희망퇴직. 말 그대로 희망하는 이에게만 퇴직하도록 한다면 무슨 문제인가. 현실은 딴판이다. 그래서 가족 사이에 불화가 생기고, 가정이 파탄 나고, 형님 아우님 하던 동료 사이에 메울 수 없는 금이 생기기도 한다. 희망퇴직이니 어쩌니 하는 말이 나오면서부터 몸이 떠내려가고 있다. 의지할 언덕도 없이 햇볕 가릴 그늘도 없이, 바람 막을 외투도 없이 무한정 떠내려가고 있다. 계속 가다 보면 망망대해茫茫大海다. 잡을 손이 필요하다. 팔을 뻗어 본다. 허공이다. 손이 닿지 않는다. 영화는 영화다. 영화일 뿐이다. 아내 손을 꼭 쥐어 본다.

2015년 12월 05일

출근길. 아침 차가운 공기가 코끝을 지나 날카로운 창끝이 되어 폐 깊숙이 찌른다. 아프다. 토요일 이런 느낌으로 출근한 적 한 번도 없었다. 그 한 번이라는 것이 모든 날 토요일을 다 말할 수는 없는 일이지만 한 번이 중요하다. 한 번이라도 라는 말이 가지고 있는 의미에 대해 나는 깊이 생각해 보지 않았다. 하지만 지금 이 시각, 이 한 번이라도 라는 말을 되씹어 본다. 우리는 쉽게 말한다. 한 번이라도 실컷 먹어봤으면, 한 번이라도 실컷 잠자봤으면, 심지어 한 번이라도 편안하게 놀아봤으면 하고, 먹고 자고 쉬는데 얼마나 바람이 컸으면, 한 번이라도 라고 했을까. 더 간절한 것은 사랑한다. 사랑한다고 한 번이라도 말해 봤으면. 그러나. 모든 것은 그 한 번 때문에 가는 길이 뒤바뀌기도 한다. 그러고 보니 한 번이라도 마음 편안하게 운동장을 걷는다든가 냇물의 가장자리 길을 따라 걸어 본 기억이 없다. 오늘은 무슨 일이 있어도 동네 옆 냇물을 끼고 도는 길을 따라 걸어 봐야겠다. 걸으며 생각마저 지워봐야겠다.

그러나. 그러나. 이 '그러나'는 얼마나 용기 있는 말인가? '왜'라는 의문을 가질 때 우리는 '그러나'라는 말을 쓴다. '그러나'는 내 의지대로 한 발 내딛겠다는 말. '그러나'는 나를 한 뼘 성장시키는 말, '그러나'는 칼집에서 칼을 벼르고 있는 말. '그러나'는 내가 당신을 당신이 나를 똑바로 바라보게 하는 말. 그러나, 하고 발음하는 순간 가슴이 뛰고 피가 뜨거워지는 경험을 해 본다. 그러나. 나는 아직 멀었다. 눈높이나 마음의 넓이나 깊이에서 나는 아직 멀었다. 내 아픔에만 묻혀 있으니, 임우기 평론가는 유용주 산문집 『그러나 나는 살아가리라』에서 "자기 아픔에 매몰되지 않고 자기 아픔으로 더 아픈 이웃을 감싸 안는 사랑과 항심恒心과 평심平心의 도道가 숨 쉬고 있다"라고 했는데 부끄럽다. 나 자신도 감싸 안을 수 없는 좁은 가슴이라니. 이러고도 그러나, 하고 고개를 들 수 있을까? 그러나, 그러나 나도 살아가리라.

* 유용주 산문지 『그러나 나는 살아가리라』 (솔, 2002)

동물. 퇴근해서 무학산엘 올랐다. 늘 오르던 길이 아니고 다른 길을 선택해 보았다. 길은 더 가파르고 멀었지만, 몸은 오히려 더 편안했다. 산에 오를수록 바람은 잦아들었다. 동인 모임이 있지만 동인들 만나는 것조차 무겁다. 먹고사는 문제가 걸리면 누구나 동물이 된다는 생각을 지금 강렬하게 해 본다. 동물이지만 동물이 아니라고 우기며 살았다. 나는 동물이다. 부정할 수 없는 동물이다. 인간이 아니라 동물이라는 게 부끄러운 것이 아니다. 동물과 사람은 분명 차이가 있을 것이다. 그 차이에 대해 생각해 본다. 자신을 속이며 하늘만 쳐다보는 게 사람인지 모른다. 진리를 왜곡하고 사실을 숨기는 게 사람인지 모른다. 고정비 지출이 너무 커 공장을 폐쇄한다는 말을 누가 믿겠는가. 며칠 전까지만 해도 밤을 낮 삼아 제품을 출하했는데, 이래서 나는 사람이 무섭다. 돈 앞에 얼굴을 바꾸는 사람이 무섭다. 사람이 개돼지보다 못할 때도 있다. 인정하고 하지 않고의 문제가 아니다. 이쯤 되면 욕이 저절로 튀어나온다. 욕하지 않고는 배길 수 없다.

오늘,
이 순간만은 숨만 쉬겠습니다
잠시만이라도 생각을 내려놓겠습니다
터질 것 같은 머리가
활활 타 버릴 것 같은 가슴이
내 온몸을 태울까 봐
오늘은, 숨만 쉬겠습니다
살아 있는 것만으로도 감사하다고
기도를 올리는 사치를
누리지도 않겠습니다
아니, 다 내려놓는다며
구도자를 흉내 내는
자기기만을 하지도 않겠습니다
세 치 혀에 따라 얼굴빛이 바뀌는 얇은 가슴을
더는 용납하지 않겠다며
자신을 속이지도 않겠습니다
술잔이 비면 술을 채우겠습니다
바람이 좀 강하면 어떻고
빗줄기가 좀 거세면 어떻습니까
그대 숨소리에 나도 자지러지는
그런 시간을 원하는 것이
얼마나 욕심인지 압니다
그래도 그런 욕심만이라도
꿈꿀 수 있게 허락해 주십시오
오늘,
이 순간만은 숨만 쉬겠습니다

—「평화로운 시간」 전문

가로등. 달도 없는. 가로등 불빛마저 희미한 저녁. 냇물을 따라 나무를 이어 만든 길을 걷는다. 이렇게 걸어 본 적 언제였던가. 더듬어 봐도 기억이 없다. 아득하다. 그냥 어둠에 맡겨보자. 마음 내려놓는 이런 순간에 자신을 돌아보게 된다. 물도 어둠에 순응하듯 몸을 낮추고 흐른다. 가끔 자동차 불빛이 가로등을 흔들고, 예나 지금이나 밤과 어둠은 한 몸이다. 어둠 속에 모든 것을 덮어버리는 밤, 그 밤에 혼자 걷는다. 종종걸음으로 집으로 돌아가는 사람 한 명 보이지 않는다. 겨울 탓이다. 겨울밤이 길고 깊은 이유를 알겠다. 걷다 보니 서서히 어둠이 밀려나고, 저기 어렴풋이 가로등 불빛이 서 있다. 외롭다. 온 밤 어둠의 무게를 이고 서 있는 가로등이 애처롭다. 나는 어두운 밤을 무자비하다고 말하지 않겠다. 밤이 없다면 아침이 오지 않는다는 싫증 난 말도 하지 않겠다. 이 밤에 물소리 따라 그냥 걷는다. 이런 시간에는 무슨 깊고 무겁고 그런 생각이 없어야 하지 않겠나. 이 시간만이라도. 혼자 걷는. 달도 따라오지 않는. 심지어 가로등 불빛마저 어수룩한.

2015년 12월 06일

존재. 해가 희미하다. 존재存在에 대해 생각해 본다. 존재는 사람이나 사물이 실제로 현실에 있는 것을 말하지만 이건 사람을 중심으로 눈에 보이는 것에 한정해서 하는 이야기다. 눈에 보이지 않는다거나 실제 손으로 만질 수 없는 개념概念 같은 것이 더 무겁게 다가올 때가 있다. 책임, 의무, 도덕이라든가 현시대를 살아가는 노동자에게는 어떤 것이 더 존재의 무게로 다가올까? 살아 있다는 것만으로도 힘이 든다고 하면 삶을 포기하는 게 맞을까? 질문하는 괴물 스핑크스를 떠올리지 않더라도 살아가는 목적이 앞에 놓인 문제의 답을 찾는 것이라면 너무 경직된 삶이라고 말할 수 있을까? 그 문제를 풀었다면, 그것으로 끝이라면 너무 단순한 사람살이가 되겠지만, 다시 더 큰 문제 앞에 서는 게 삶이다. 제 존재의 무게에 짓눌려 본 자만이 자기가 걸어온 길에 대해 책임질 수 있다는 말은 너무 가혹한 말이다. 하루가 아직 길게 남았다. 삶은 단순하지 않다. 그래서 웃고 울고 하는 것이리라.

우물. 우물은 우물 속에 들어찬 하늘만큼만 세계를 품는다. 욕심을 말하는 게 아니다. 사람마다 세계관世界觀이 다르고, 처한 환경에 따라 무엇이 소중한지 소중함의 가치 또한 다르다. 밥 한 끼에 목매는 사람과 먹는 것 걱정해 보지 않은 사람과 차이를 좁힐 수 없듯, 자신이 서 있는 위치에 따라 벽은 벽이고 절벽은 절벽이다. 지난 며칠은 내가 걸어 온 길에 대해, 그 길에 남긴 발걸음 소리와 깊이에 대해, 심지어 내가 내뱉은 숨소리에 대해, 나 자신을 중심으로 둘러쳐진 환경이라는 바퀴에 대해 생각해 보았다. 아니 생각을 강요당했다고 하는 것이 맞는 표현이다. 어떤 계기란 내 의사와는 상관없이 바람처럼 와서는 상처를 남기곤 한다. 그 상처 깊이에 따라 다시 일어설 수도 영영 일어나지 못할 수도 있다. 상처는 사람을 변화하게 만드는 재주가 있다. 그래서 상처를 쉽게 받아들이지 못한다.

상처. 상처가 너무 깊다. 샛별이 새벽바람이 좀 왔다 갔으면 좋겠다. 그래야 맑은 햇살이 다가오겠다. 온전한 하루가 열리겠다. 너무 깊다는 말을 딛고 일어서겠다. 상처를 어루만지는 햇살의 손길을 누가 거부할 수 있을까. 어머니 손 같은.

다시 우물. 지난 시간을 한꺼번에 돌아본다. 아니 부정해 본다. 부정하지 않고는 어떤 설명이 되지 않는다. 송두리째 뽑혀버린 고목처럼 걸어 온 시간이 이리도 허무虛無할 수가 없다. 무엇을 위해 살아왔는가. 그 길에 대한 물음이라면 차라리 답을 찾을 수도 있겠으나, 먹고 사는 문제는 철학이 아니다. 생리生理란 가장 근본적인 문제다. 그 근본적인 문제를 해결하지 못한다면 인간 존엄 따위는 개나 주는 게 나을 것이다. 닭이 먼저냐 알이 먼저냐. 희미한 하루가 시작되고 희미하게 사라지는 나 자신을 본다. 어디가 시작이고 어디가 끝이란 말인가. 외롭다는 고독하다는 이런 단어는 사치다. 우물에 내 얼굴을 비쳐 본다. 얼굴이 일그러져 있다. 바람 때문만은 아니다. 아무리 부정해도 내가 걸어온 길은 내 길이라는 것을 어찌 부정할 수 있을까. 나에게 투정을 해본다. 그래 투정이라는 말이 그래도 좀 여유가 있어 보인다.

일상. 소나기다. 비 피할 처마는 어디 있나. 나는 평범한 아버지다. 평범한 노동자다. 처마 아래 몸 들이고 쏟아붓는 비를 보고 있으면 그대 무슨 생각이 드나, 무슨 생각을 하나, 무슨 생각이라도 해 보았나, 온몸 드러내놓고 비 맞는 나무들이 애처롭다. 이 소나기 앞에 당황하지 않는 것들이 없다. 생각마저 없다. 오후 들어 해가 반짝 얼굴을 내밀었다 숨었다 한다. 무슨 좋은 일이 있을 것처럼, 사실 좋은 일은 그냥 일상이 있는 삶이다. 일상마저 잊고 사는 삶이 가장 평온한 삶이다. 어느 정치가의 구호처럼 '저녁이 있는 삶'이라면 더 바랄 게 없겠지만 설사 저녁이 없더라도 일상이 그대로 유지되는 삶이라면 지금은 바랄 게 없겠다. 간절함도 없이 비 그치고 어둠이 성큼성큼 다가서고 있다. 아주아주 평범한 저녁이다. 나는 어느 누구에게도 손가락질할 수 없다.

길. 밥상을 앞에 두고 시목이와 아내와 밥을 먹는다. 이 따뜻한 밥 한 그릇이 저절로 고맙다는 말을 하게 한다. 이제 시목이도 새 길을 가야 한다. 이미 길은 정해져 있고 그 길을 가기 위해 준비해 왔으니 잘 걸어갈 것이다. 그 길에서 차이고 부대끼고 하겠지만, 목표는 사실 아무것도 아니다. 흔들리면서 제자리를 잡고 다시 흔들리고 하면서, 죽은 나무가 아니라 자신을 살아 있는 나무로 키우는 것 그게 지금 눈앞에 놓인 현실이지 않을까? 최종 목표. 영원한. 먼 미래. 이런 말은 하지 말자. 지금 나처럼 바람 앞에 흔들리지 않으려 조바심으로 사는 삶은 잘 사는 삶이 아니다. 사람들이 왜 자살이라는 극단적인 방법을 생각하고 또, 생각하는지 나는 조금은 알 것도 같다는 건방진 생각을 해 본다. 시간은 밤과 낮을 구분하지 않는다. 저 자신 제 길을 갈 뿐, 이 시간 잠 못 들고 뒤척이는 공장 동료와 이 땅 노동자들에게 신의 가호가 있기를…. 창문이 잠시 흔들렸던 것 같다. 신이 주는 대답처럼.

2015년 12월 07일

침묵의 무게. 오늘부터 18일까지 희망퇴직을 받는다는 공지를 메일로 받았다. 기술직 180여 명. 무겁다는 것은 꼭 손에 들어 보았을 때 가해지는 것만이 무게가 아니다. 묵직하게 다가오는 공기, 묵직하게 내리누르는 말, 깊은 한숨 소리, 침묵의 무게, 그래 침묵의 무게, 침묵의 무게가 세상에서 가장 무거운 무게인지 모른다. 동료와 함께 있어도 동료가 없다. 모르는 게 없는 만물박사 박 형도 말이 없다. 언제나 말이 없던 김 형은 더 말이 없어졌다. 이런 날은 외롭다. 이런 날은 불안하다. 누가 먼저 말을 좀 걸어 주었으면 좋겠다. 이 끝없는 침묵, 침묵으로 캄캄한 하루다. 무게를 잴 수 없는 무게에 짓눌린 어깨가 내려앉는다. 끝도 없이. 세상에서 가장 무거운 싸움은 침묵과 싸움이다.

가뭄. 바닷바람이 안고 오는 소식은 무겁다. 축축하다. 무어라고 표현할 수 없는 이 가득함. 한 짐이다. 바람 앞에 서서 무엇을 생각하는가. '이번 희망퇴직이 기회가 되는 사람도 있을 것입니다. 잘 생각해 주십시오.' 그래서 삶은 늘 공평하지가 않다. 좋은 기회가 되어 가는 사람들에게는 손뼉을 쳐 주어야 한다. 그런 마음을 가져야 한다. 그게 사람이 가져야 할 최소한의 양심 같은 것이지 않겠는가. 그러나 마음처럼 잘 안 되는 것도 사람살이의 한 모습이다. 마른하늘, 가뭄, 논바닥, 파닥이는 물고기들, 좁은 물에 대가리만 처박고 있는 미꾸라지들, 그 위를 선회하는 부리가 날카로운 날짐승들, 짱짱 내리쬐는 햇볕, 햇볕을 바라보는 시선들. 다른 시선들. 실직이라는 단어가 너무 무디어졌다. 노동자들 가슴에서 영원히 부화하지 않는 알, 실직.

항변. 희망퇴직이란 명분으로 면담을 진행하고 있다. 도살장에 끌려 온 소처럼, 꿔다 놓은 보릿자루처럼 나도 너도, 누구랄 것 없이 우리 신세가 왜 이리 처량하냐. 참 처량한 눈빛이다. 밤낮 가리지 않고 열심히 일했는데, 한탄恨歎은 한탄을 낳는 법. 그렇다고 하루를 포기할 수는 없는 일. 아직은 아이들 눈이 새까맣다. 아무리 열심히 일했다고 항변해 본들 그들 가슴에 귀에 들리겠는가. 헌신짝 버리듯 사람을 잘라내는 것이 목표라면 사실 이 공장에서는 희망이 없다. 어디를 가도 똑같을지 모른다. 아니 똑같다. 살아 있는 나뭇가지는 부드럽게 흔들리지만 죽은 나뭇가지는 흔들리지 않는다는 말에 대해 곰곰 생각해 본다. 내가 흔들리는 것은 아직 살아 있기 때문이다. 아니 한 번도 죽은 적 없다. 나는 오늘도 살아 있다.

거품. 아직 나는 일을 더 해야 한다. 지금은 희망퇴직을 선택할 수 없다. 아내와 이야길 나누었다. 못 할 짓이다. 걱정으로 가득한 아내 얼굴이 지워지지 않는다. 시목이가 서울에 있는 또 다른 대학에도 합격했다고 한다. 경상대에 갔으면 하는 생각이 있는데, 건국대에 가려고 한다. 아내가 맥주를 사 왔다. 딱 한 잔만 마셨다. 맥주는 거품이다. 아니 거품 맛이라고도 한다. 나도 거품으로 살았다. 금방 사그라지고 마는 맛. 아니다. 열심히 살았다. 당당하게 말할 수 있다. 이 복잡한 맛, 쓴웃음만 나오는 맛. 어둠으로 뒤덮인 길을 걸었다. 밤새도록 걸었다. 걷고 또 걸었다. 발이 붓고 다리가 절고 허리가 아프다. 그래도 걸었다. 밤이 새도록 더 걸어야 한다. 이것은 나 혼자만의 문제가 아니다. 우리 모두 문제다. 그러나 문제를 앞에 둔 마음은 각자 모래알이다. 누구에게도 손가락질할 수 없다. 밤하늘 별이 단 하나라도 반짝인다면 나는 그곳으로 걸어가겠다. 걷고 또 걷겠다.

늦은 귀가를 기다리는
종종걸음
담배에 불을 붙였다 끄기도 하며,
걱정의 무게에
자꾸 시계를 들여다보는

달빛을 흔들어 놓는 발걸음
발자국을 찍어 놓고 달아났던 시간들
그 시간이 모여 있는 골목

한 무리 아이가 지나면
골목에는 어둠이 깔리고
새벽을 여는, 저녁을 닫는
시작과 끝의 출발인 골목

그 골목에서
잠 못 들고 왔다 갔다
내가 서성이고 있다
발자국을 찍고 있다
달빛을 흔들어 놓고 있다

—「골목」 전문

2015년 12월 08일

생일. 생일이다. 오늘만큼은 웃자. 출근해 보니 아침 공기가 무겁다. 이런 날에는 눈높이를 낮춰 공장 화단 앙상한 목련이나 배롱나무, 머리가 벗어진 모과나무에 좀 지긋이 눈길을 건네자. 오래오래 건네자. 무작정 지나온 발길에 차인 돌멩이도 잊지 말자. 그 돌멩이에 화풀이했던 순간을 잊지 말자. 냅다 찬 돌멩이에 이마가 깨진 것들이 있다면 용서를 빌자. 발가락 아픔보다 신코의 아픔을, 공기를 찢어버린 그 순간을 잊지 말자. 나는 나 자신을 잊지 말자. 내가 처한 현실, 그 현실의 깊이를 잊지 말자. 하지만 잊지 않는 것은 또 다른 욕심인지 모른다. 여기까지 오면서 나는 많은 욕심을 이리저리 굴리며 왔다. 굴리는 동안 눈덩이가 불어나듯 욕심 덩어리는 커지고 단단해져서 그게 욕심인지조차도 모르게 되었다. 이 순간에 그 깨달음은 배고픔처럼 왔다. 너무 늦게 왔다. 해가 중천을 넘어 서산으로 기울고 있다. 새로운 길은 언제나 마음을 설레게도 하지만 두렵게도 한다. 오늘, 오늘이 생일이다.

블랙홀. 저녁에 이규석 시인, 최상해 시인과 함께 소답동에서 소주 한잔했다. 공장 폐쇄라는 당면한 문제 앞에 분노하고 걱정하고 이런저런 위로의 말들이 고맙다. 위로는 큰 위안이지만 위안이 되지 않을 때도 있다. 이런 자리는 일상처럼 해 오던 일이지만 오늘은 낯설다. 무기력한 시간이 흘러가고 있다. 시간의 끝은 늘 현실과 맞닿아 있다. 현실을 무시해서도 안 되지만, 무시할 수도 없다. 쳇바퀴 돌 듯 돌아가는 시간 앞에 나는 서 있고 시간은 모든 것을 빨아들이는 블랙홀이라는 말을 떠올려본다. 그래서 시간은 모든 것을 무릎 꿇게 하는지 모른다. 그게 현실이다. 달리는 기차를 세울 힘이 내겐 없다. 기차에서 내리지 않는 한 나는 현실이라는 블랙홀에서 빠져나올 수 없다는 것을 안다. 아는 것과 아는 것을 행동으로 옮기는 것은 천지 차이다. 지금 이 순간에도 기차는 속력을 유지하며 달리고 있다. 나는 여전히 기차를 타고 있다.

2015년 12월 09일

기도. 내 선 자리가 하늘과 너무 가까워졌다. 구름 때문이다. 해를 막고 있는 구름 때문이다. 자세히 보니 떼쓰는 아이 얼굴 같은 하늘이다. 숙제하지 않아 선생님 앞에 꿇어앉아 두 손 들고 있었던 나처럼 얼굴이 무겁지만, 금방 깔깔거릴 것 같은 하늘이다. 한 발을 떼어 놓을 때마다. 조금씩 그림자가 생기는 것 같다. 비가 올 것 같지는 않고, 그렇다고 영 밝아질 것 같지도 않은 그런 날이다. 이런 날이 애매하다. 무슨 일을 하려 해도 애매하다. 밝은 전화벨 소리라도 들을 수 있으면 이 침묵을 깨뜨릴 수 있겠다. 바람도 없다. 겨울 찬바람 한 줄기가 그립다. 하루 일상이 조용히 다가와 조용히 가기를 기도해 본다. 내 선 자리와 하늘이 이리도 가까운데, 내 기도는 구름 때문에 하늘에 닿을 수 없을 것 같다. 먹구름이다. 그래도 기도한다. 이 하루가 고맙다. 고맙다고.

희망이 외롭다. 하늘이 아직도 흐리다. 흐리다는 것은 다시 맑아질 것이라는 희망을 품어도 좋겠지만, 지금은 희망마저 외롭다. "남들은 절망이 외롭다고 말하지만/나는 희망이 더"* 외로운 것 같다. 지금은 오히려 절망을 찬양하고 싶다. 절망 앞에 무너질지 아니면 절망이 나를 강하게 만들지는 나도 모른다. 사실 그 절망을 받아 안을 가슴이 있기는 한지, 나를 되돌아본다. 희망과 절망 사이에 벽이 있는 것이 아니다. 허물 벽이 있다면 넘기만 하면 확연히 구분되는 희망, 절망, 벗어나고 싶을 때 힘들지만 벗어나면 보장되는 희망, 절망, 그러나 벽이 없으므로 언제나 품고만 있는 희망, 언제나 벗어나고만 싶은 절망, 분명 희망과 절망 사이에 벽이 아니라 그어진 선도 없을 것 같다. 손에 잡히질 않고 눈에 보이질 않는 희망, 절망, 그러나 내 가까이 다가와 나를 괴롭히는 희망, 절망, 어느 것도 손잡고 싶은 생각이 없는 오늘, 낭패는 마음속에 떡하니 살고 있다. 늘 깨달음은 늦게 당도한다. 그래서 후회가 빛난다.

*김승희의 시 「희망이 외롭다」 부분

모든 가능성은
모든 절망을 품고 있다
모든 가능성이
모든 절망이 되거나 말거나
모든 절망이 모든 가능성이 되거나 말거나
봄꽃은 스스로 피고 진다
햇살이 새의 날개 끝에
반짝 빛나고 사라지는 것을
누가 보거나 말거나
모든 절망은 모든 가능성을 품거나
모든 가능성은 모든 절망을 품고 있다
포탄에 새긴 사랑이라는 말은
가능성인가 절망인가
사랑의 이름으로 행해진
폭력에 대해 생각하거나 말거나
봄꽃처럼 소리 없이
피고 졌던 사람들
가능성이 아니면 절망을
절망이 아니면 가능성을
이 말은 극과 극이 아니다
나란하다

—「나란하다」 전문

2015년 12월 10일

미안하다. 미안하다. 이 말, 이 말 무게를 온몸으로 느낀다. 저울로 잴 수 없는 말, 미안하다. 이 말, 이 말 무게를 무엇으로 잴 수 있을까? 천 년 전에도 천 년 후에도 똑같은 무게, 변하지 않는 무게가 있다면, 미안하다는 말, 이 말 내뱉고 새카맣게 타고 마는 부모 가슴, 아이들을 천 길 낭떠러지로 떨어지게 하는 말, 미안하다. 더는 적당한 말을 찾아낼 수 없는 현실 앞에 떨어지지 않는 입으로 내뱉는 말, 아들, 딸, 미안하다. 내 아버지 어머니가 그랬듯 이 땅 가난한 노동자를 아버지로 어머니로 둔 아들, 딸에게 차마 할 수 없는 말, 미안하다. 미안하다. 수많은 아버지와 수많은 어머니가 현실이라는 벽 앞에 무너지고 마는 말, 미안하다. 아이들 꿈, 무너지는 꿈, 꿈의 크기, 꿈의 무게, 꿈의 날개, 꿈의 높이, 꿈의 깊이, 큰 꿈을 꾸는 가슴, 가슴이 타들어 가는 말. 미안하다. 미안하다 하고, 말할수록 더 미안해지는 말, 미안하다. 미안해서 더는 할 수 없는 말. 미안하다.

문자 메시지. 미안해하지 마세요. 메아리처럼 뒤따라와서는 밤새 잠 못 들게 하는 말, "괜찮아요, 아빠?", "그럼 괜찮지. 미안해", "미안해하지 마세요. 그리고 사랑해요. 아빠" 말로 표현할 수 없는 이 먹먹함. 그래 사랑한다. 시목. 잘 자고 해라.

선택. 새벽까지도 선택은 나이와 상관없이 강요하고 있다. 밤낮 가리지 않고 종용하고 있다. 일각의 여유도 없이 조여오고 있다. 선택 앞에서 길이 정해진다. 바람에도 길이 있듯 내 딸, 시목이에게도 시목이만의 길이 있기를 소원한다. 그 길이 누구나 다 겪는 후회를 안고 가는 길이라 할지라도 그 길에 지금은 당당했으면 한다. 그러나, 그러나, 아버지로서 무슨 말 해 줄 수 있겠느냐. 겨울비 내린다. 하루 내내 내린다. 땅을 적시고자 해도 땅속으로 비 한 방울 스며들지 못하는 도시, 땅의 거죽에 시멘트 옷을 입혀 놓고 땅속을 걱정하는 사람들, 하고 싶은 일을 하지 못하게 가로막고 있는 이 현실은 누구인가? 이 무슨 얼토당토않은 마음인가. 비가 땅속으로 스며들게 시멘트 거죽을 벗기고 싶다. 내 마음을 한 겹 한 겹 벗겨 보고 싶다. 어떤 길이 어디로 나 있나, 알 수 없는 내일이 다가오고 있다. 그래서 내일은 아름답기도 하고 두렵기도 한 것이다. 그래서 누구나 내일, 내일 한다.

꽃 한 송이. 무너진다는 것, 허물어진다는 것, 지난 시간이 부정되는 것, 다시 시작이라는 말을 떠올리기도 하지만 한 번 무너진 자리에는 상처만 유일하다. 치유할 수 없는 상처는 깊은 골짜기처럼 한 생을 가로지른다. 누가 그 상처 위에 꽃 한 송이 놓고 가는가. 한 송이 꽃. 나는 당신에게 당신은 나에게 꽃 한 송이를 한 송이 꽃을 바친다. 오늘에 바친다. 맑은 이 하루에 바친다. 하루가 빛난다. 꽃이 가진 힘이다. 꽃을 건네는 마음의 힘이다.

상처. 말. 상처가 상처를 극복한다는 말, 쉽게 하지 마시라. 상처가 상처를 극복한다는 말이 가지고 있는 깊은 상처를 내 가슴에 먼저 새긴다. 무겁게 새긴다. 칼끝으로 새긴다. 새기고 또 새긴다. 언제까지나 지워지지 않는 주홍글씨 노동자. 너의 나의 이마에 가슴에 깊이 새겨진 지울 수 없는 이름. 노동자. 노동자들 손을 잡아보면 온통 상처투성이다. 노동자들 가슴을 열어보면 온통 상처의 벽이다. 노동자의 눈을 보면 온통 상처로 금이 가 있다. 치유되지 않은 채 쌓이고 꺾인 금이고 벽이다. 언제쯤 이 금을 메우고 벽을 허물 수 있을까? 맑게 밝게 남김없이 걷어 낼 수 있을까?

현실과 이상. 무작정 걷고 싶을 때가 있다. 생각마저 지워버리는 고통을 안고 걷고 싶을 때가 있다. 이 땅 아버지들이 혹처럼 짊어지고 다니는, 떼려야 뗄 수 없는 그림자 같은. 나는 이상론理想論 자가 아니다. 그렇다고 현실론자도 아니다. 이상과 현실. 이런 생각의 고민이 쌓이고 쌓이다 보면 조금은 나를 위안으로 감싸 줄지 모른다. 그러나 나는 공장에서 영원히 벗어나지 못할지 모른다. 공장과 논, 공장은 논이다. 공장과 논 사이에 수백 년의 시간이 산다. 그 시간 속에 어제와 오늘이 있다. 아버지의 아버지가 있고 아들의 아들이 있다. 이건 현실론자의 생각인가 이상론자의 생각인가. 내가 짊어진 짐을 저울에 달아 본다. 현실과 이상. 저울의 눈금이 앞으로 뒤로 아래로 위로 파르르 떤다.

곰. 어둠의 끝 한 점 불빛이 길이 되기 위해서는 누구나 지금 이 어둠을 견디는 수밖에 없다. 이런 생각도 해 본다. 적게 먹고 길게 견뎌보자. 겨울잠을 자는 곰보다 못한 생각이다. 곰에게는 오늘 가을이 있지만, 사람에게는 겨울이 항상 먼저 다가선다. 그때야 지난가을을 아쉬워하며 가슴을 치기도 하지만, 이미 지난 시간 앞에 서 있는 자신을 발견하고는 좌절한다. 이게 사람이다. 곰과 사람 차이다. 곰처럼 긴 잠에서 깨어나고 싶지 않다. 이 겨울 동안. 그렇다고 곰처럼 봄을 기다리는 것도 아니다. 분명한 것은 나는 곰이 아니다. 한 번도 가을이 없었다. 이 땅 노동자에게는 영원히 가을이 없을지 모른다. 이건 불길한 생각이 아니다.

걸으면서 상상하다. 점심밥을 먹는 둥 마는 둥 식기를 반납하고, 이슬비 내리는 화단을 걷는다. 이미 겨울을 준비하는 활엽수들, 시퍼렇게 눈을 뜨고 날 선 시간을 관통하는 침엽수들, 충분하게 기가 꺾인 갈잎들 속에 보금자리 튼 바람 몇 줄기들, 그들이 기다리는 것은 겨울이다. 겨울을 견뎌 봄을 맞는 일이다. 매년 반복되는 일상이 시간을 관통하고 있다. 그 시간 속에 시목이가 앉아 있다. 그 옆에 아내가 안쓰러운 얼굴로 서 있다. 고개 숙이고 있는 저 사내는 누구인가? 그의 어깨에 그의 등에 그의 두 다리에 그의 양손에 그의 가슴 속에 파도가 치고 있다. 가슴을 시퍼런 창으로 찌르고 있다. 낭자한 피, 나의 그의, 그의 나의 피. 축축하다. 온몸이 젖었다. 이슬비에 옷 젖는다는 말이 참말이었구나. 다 젖었다. 점점 무거워지는 비의 무게를 느낀다. 내 몸에서 싹이라도 자랄 것 같다. 바람에 맞서 속으로 우는 갈대의 울음소리를 듣고 있다.

힘내세요. 시목이가 학교 선생님과 상담을 하고 점심밥을 함께 먹기로 했단다. 좀 마음이 편안해졌으면 좋겠다. 전화선을 타고 날아온 "아빠 사랑해요", "그래 아빠도 사랑한다. 힘내라.", "아빠도 힘내세요." 고맙다. 고마워서 눈물이 난다. 일하다 아니 일이 손에 잡히질 않아 허둥대고 있는데 하늘의 목소리처럼 날아와 나를 시험에 들게 하는 말, "아빠도 힘내세요." 푹 꺼져 내리는 심정을 어떻게 표현할까? 젖은 옷을 말리며 옷의 무게보다 더 무겁게 다가온 목소리에서 눈을 뗄 수 없다. "아빠도 힘내세요."

벽과 틈. 시목이가 친구와 영화를 보고 왔다. 영화는 〈검은 사제들〉이라는 영화인데 너무나 재미가 없었다고 한다. 졸다가 왔단다. 마음이 열려야 본질이 보인다. 마음이 닫혀 있으면 본질에 다가가려 해도 벽 앞에 서 있는 것과 같다. 벽은 두께가 필요 없다. 이빨 빠진 호랑이를 보고도 겁부터 내는 것은 호랑이에 대한 선입견 때문이듯, 벽은 그런 것이다. 그래서는 벽이다. '그러나'는 벽이 아니다. 이미 의문을 품기 시작하면 '그러나'가 된다. '그러나'는 틈을 만든다. '그러나'는 순종하게 하지만 '그러나'에는 반항의 피가 흐르고 있다. '그러나'와 '그래서'의 차이가 벽 앞에서 더욱 확연해진다. 내 몸에는 지금 무슨 피가 흐르고 있나. '그러나'인가 '그래서'인가 아니면 그 사이에서 헤어나지 못하는가.

아프다. 오늘도 납기를 맞추느라 바빴다. 컨테이너 사무실에 앉아 잠시 머리에 가슴에 손을 얹어 본다. 가슴은 뜨겁고 머리는 차가워야 한다고들 하지만. 가슴도 머리도 일회용 커피처럼 식어 있다. 종이컵을 들고 식은 커피를 입에 대어 본다. 제맛을 잃은 커피는 커피가 아니다. 본질도 환경이 중요하다. 늦은 밤. 비는 내리고 신호를 기다리는 동안 차창을 타고 내리는 빗줄기를 가만히 바라보았다. 한 방울 한 방울씩 모인 빗방울이 한 줄기가 되어 타고 흐른다. 반복적으로 흘러내린다. 뚝 뚝 떨어져 내린다. 떨어져 내린 빗물이 어디까지 흘러갈까? 빗물에 얹어 두었던 마음을 더 깊숙이 내려놓고 푸른 신호등 지시에 따라 나아간다. 반응한다. 내려놓고 온 마음이 자동차 바퀴에 짓이겨져 도로 위에 낭자하다.

혹 당신이 모르는 어떤 비밀 같은 것
내가 알고 있다면
혹 내가 모르는 어떤 바람의 이름 같은 것
당신이 알고 있다면

알아도 모르고 몰라도 아는 사이
가깝고도 멀고 멀고도 가까운 사이
산의 끝 바다의 처음 같은
나와 당신 같은

너무 몰라 잘 알고 너무 잘 알아 모르는
애써 알아도 모르고 몰라도 아는 것이
당신과 나 사이라고
그게 삶이라고
하루해가 지는 서쪽 끝 노을이
긴 여운을 남기거나
새벽어둠을 몰아내는 여명이
눈을 껌뻑이거나 하는

밤으로 흐르는 강물이
낮으로 흐르는 별 무리가
가만가만 일러 주는
멀고도 가깝고 가깝고도 먼 사이

—「공장과 나 사이」 전문

2015년 12월 11일

나에게. 마음이 답답한 것은 어디에 답이 있나. 마음에 있다. 마음이 원인을 제공하기 때문이다. 마음이 하늘이고 마음이 땅이다. 마음이 바람이고 마음이 물이다. 마음이 천 길 낭떠러지이고 한길 절벽이다. 그래서 마지막엔 마음에 있는 모든 것을 내려놓는다고 한다. 손에 쥐고 있는 것, 짊어지고 있는 것, 안고 있는 것, 그다음이 마음에 품고 있는 것, 아니다. 아니다. 마음에 품고 있는 것을 먼저 내려놓아야 손을 펼 수 있고 짐에서 벗어날 수 있고, 꼭 쥐고 있는 것들을 놓아줄 수 있는 것인지 모른다. 무엇이 먼저이고 무엇이 나중은 중요한 것이 아니다. 내려놓는다는 것이 중요하다. 내려놓는다는 것은 큰 결심이 필요하다. 내려놓는다는 것은 바로 이 자본주의 사회에서 고통을 선택하는 것과 같다. 비약飛躍이 아니다. 오히려 고통에서 생의 즐거움을 건져 올릴 수도 있다고 말하지만, 누구나 쉽게 말할 수 없다. 충분히 쉬운 일이 아니기 때문이다. 내려놓는 것과 내려놓을 수밖에 없는 것은 완전히 다르다.

당신에게. 텅 빈 거리를 홀로 걷는 당신을 상상해 본다. 빈방에 홀로 남아 있는 당신을 상상해 본다. 소주잔을 앞에 둔 당신을 상상한다. 어둠이 무겁게 깔리는 시간 무엇을 생각하는가? 당신은 자신이 내려놓았는가? 내려놓을 수밖에 없었는가? 이제 마음이 좀 가벼워졌는가? 그 마음속에 평화가 깃들고 얼굴은 온화해지고 어깨는 가뿐해졌는가? 혹 가슴이 허하지는 않는가. 몇 날 며칠 잠 못 이루다 희망 퇴직서에 서명한 당신. 서명하는 순간 당신이 내려놓은 것은 무엇인가? 자존심인가? 다른 동료에 대한 배려인가? 나는 알지 못한다. 알지 못해서 미안하다.

선택 책임 미래. 선택은 단추를 채우는 것과 같다. 처음이 중요한 것은 시간이 기다려 주지 않기 때문이지만, 결국 마음이 문제다. 좀 돌아가고 앉았다 가고 먼 하늘바라기 하면서 해지면 내일 해를 생각하고, 잠자리가 걱정되면 노숙인들 어떨까. 내일 눈뜰 수 있다면 태양은 골고루 내리쬐게 될 터이니, 나의 태양, 너의 태양 아니던가. 어떤 선택이든 선택에 대한 책임은 자신에게 있다는 이 말만큼 무책임한 말은 없다. 선택은 책임의 문제, 미래의 문제이기 때문이다. 미래는 언제나 불투명하다. 명확한 미래는 미래가 아니니다. 그래서 아침에 길 나서고 저녁에 그 길을 걸어 되돌아오는 것인지 모른다. 책임 앞에 선택을 세우지 마라. 그건 선택이 아니라 강요다. 횡포다. 선택은 선택할 수 있는 환경이 함께 주어질 때 책임도 함께 지는 것이다.

큰바람. 삶을 가꾼다는 말 앞에 서고 보니 내 삶이 참 형편없다. 건듯 부는 바람에도 흔들리고 숨소리에도 온몸을 흔들고 가웃가웃 되살아나는 촛불처럼 제 몸을 태우고 나서도 저 자신 무엇 때문에 제 몸을 태우는지조차 모르는 내 살아온 삶이 그런 것 같다. 누구는 촛불을 긍정적으로만 바라보지만, 긍정은 부정을 동반한 긍정일 수밖에 없다. 부정이 없다면 어찌 긍정이 있을까. 순리라고도 해야겠다. 자기 자신 의지와는 상관없이 존재하는 것과 같은 것이다. 당기고 밀고 올리고 내리고 모이고 흩어지고 높고 낮고 귀하고 천하고 무겁고 가볍고 이를 어찌 반대 개념이라고만 할 수 있겠는가. 바람이 왔다 가고, 나는 바람이 어디서 와서 어디로 가는지 한 번도 생각해 보지 않았지만 바람은 또 오고 갈 것이다. 지금 내 앞에 닥친 바람이 거세다. 지붕이 들썩이고 대들보가 흔들린다. 바람도 이런 큰바람이 없다. 이게 순리라면 나는 긍정과 부정에 대해 말하고 싶지 않다. 그건 너무 단순하기 때문이다.

정상. 가슴에 뭔가 맺혀 있는 것 같다. 만져지지 않는, 엑스레이를 찍어도 보이지 않는, 무슨 용빼는 재주로 가슴에 맺혀 있는 것을 빼낼 수 있을까. 현대 의학이 찾아내지 못하는 것이라면 정상正常. 아무리 가슴이 답답해도 정상. 답답함을 호소해도 대답은 정상. 정상이다. 지금 내 가슴이 그렇다. 천근만근 무게로 짓누르는데도 정상. 누구에게도 보여줄 수 없는 가슴 속 불길이 솟아올라 새까맣게 타들어 가는데도 119에 신고조차 할 수 없는 정상. 정상. 기도조차 사치가 되는 날이 있다. 지금이 그렇다. 깊은 잠을 자 본지가 언제쯤인지 모르겠다. 끝이 보이지 않는 바람. 바람. 시원한 바람이 아니다. 그런데도 바람은 분다.

엉망. 엉망은 계획적이지 않다는 말, 계단처럼 가지런하지 않다는 말, 헝클어진 실타래를 두고 하는 말, 부모 가슴 속에 사는 바람을 두고 하는 말. 바람이 똬리를 틀고 있다. 거세다. 왼쪽과 오른쪽을 아래와 위를 앞과 뒤를 뒤섞어 놓고 있다. 온통 엉망이다. 엉망은 가지런하지 않다는 말. 공구들이 엉망이다. 벗어 놓은 신발들이 엉망이다. 지나온 길과 갈 길을 보는 것 같다. 꿈자리가 왜 사나운지 알 것도 같다. 반들반들 손에 익은 공구들을 가지런하게 정리해본다. 현관에 널브러진 신발을 가지런하게 모아본다. 11일 오늘만은 잠자리가 너처럼 나란히 가지런했으면 좋겠다.

더는 제자리를 지킬 수 없다는 것을
두려움처럼 알고 있었다
사실 하루가 저물고 시작될 때마다
가깝게는 아버지로부터
멀게는 바다를 건넜던 선조들이 그랬다
이제 이 땅 노동자들 앞에는
낮과 밤이 바뀌는 순간처럼
선택은 필수가 되었다
처음 걷는 길이 두려운 것은
꼭 처음이기 때문만은 아니다
시간보다 앞서 걷는 광속이라는
자본의 욕심 때문이다
어깨가 허물어진 형들이 간 길을
오늘 내가 걸으며 주먹을 쥔다
이것을 노동자의 운명이라고
누가 쉽게 이름 붙이나
운명이 꼭 패배를 말하는 것이 아니라고
내일이 손짓하고 있다

—「내일이 손짓하고 있다」 전문

겨울비. 또, 비 내린다. 하루 내내 내리는 겨울비. 쓸모라고는 여우 꼬리만도 못한 겨울비. 처진 어깨를 더욱 처지게 하는 겨울비. 한없이 무거운 겨울비. 한 손으로 두 손으로 온몸으로도 들 수 없는 겨울비. 겨울비 내린다. 아직도 내린다. 밤새 더 내릴 것 같다. 내일 아침이라고 별반 다를 것 같지 않다. 그래도 언젠가는 비가 그치고 햇볕 반짝할 것이다. 그렇다고 별반 달라질 것 같지는 않다. 겨울, 겨울비 내리는 날은 아무것도 하려야 할 수가 없다. 내려놓을 수도 받들어 모실 수도 없는 희망 같은 겨울비 내린다. 납기를 맞추느라 함께 날밤을 깠던 동료 수십 명이 희망퇴직서에 서명했단다. 희망퇴직이 희망이 되지 못하는 현실 앞에 절망한다. 희망퇴직 서류에 서명하지도 못하는 현실 앞에 더 깊은 절망을 한다. 겨울비는 아이들도 싫어하는 비. 도깨비 뿔 같은 겨울비 내린다. 그칠 것 같지 않는 겨울비 내린다. 동료 가슴 위에 이 땅 노동자 머리 위에 어깨 위에 발자국 위에 겨울비 내린다. 내린다. 겨울비.

2015년 12월 12일

서울 간다. 사촌 결혼식 있는 날이다. 만사 접어두고 서울 간다. 서울이라고 발음만 해도 가슴이 답답해지는 서울 간다. 남쪽에서 북쪽으로 달리는 차 안 침묵보다 창문 밖을 스치는 풍경에서 답답함이 먼저 밀려든다. 서울, 서울 하던 시목이 얼굴이 떠오른다. 서울 한번 놀러 와 하던 선배 시인詩人 목소리가 들린다. 광화문 광장을 가득 메웠던 사람들 눈빛이 보인다. 최루탄과 물대포와 곤봉과 방패와 메가폰과 아우성이 한꺼번에 밀려드는 서울. 그 서울에 간다. 시목이 미래도, 선배 시인 안부도, 광화문 광장 함성도 아닌 사촌 결혼식 간다. 공장 폐쇄라는 당면한 문제를 잠시 미뤄두고 나, 오늘 더 복잡한 서울 간다. 북쪽에서 남쪽으로 밀려오는 찬 공기를 찢으며 차가 달린다. 달리는 차 속에서 기도한다. 잠시라도 좋으니 마음의 평화를 찾게 해 주세요. 오늘 하루만이라도 먹고 사는 문제와 아이들 학교 문제를 잊게 해 주세요. 복잡한 것들은 복잡한 서울에 내려 두고 되돌아올 수 있게 해 주세요. 마음보다 달리는 차가 더 앞서가는 고속도로에서 나는 기도한다. 나 오늘 서울 간다.

서울은 서울. 생각보다 서울 하늘이 맑다. 아니다. 생각보다 서울 거리가 한산하다. 아니다. 생각보다 서울이 허전해 보인다. 아니다. 역시 서울은 서울이다. 내가 생각했던 서울이다. 차들이 꼬리를 물고 신호등 앞에 서 있다. 잎을 떨어뜨린 가로수 벚나무가 앙상해 보인다. 저 벚나무도 봄이면 화려함을 자랑하느라 바쁠 것이다. 사람이나 가로수 벚나무나 지금은 겨울이 한창이다. 이 겨울을 잘 견뎌야 봄을 맞을 수 있을 것이다. 서울 겨울은 더 춥다. 마산 겨울과는 견줄 수 없는 서울 겨울. 그 겨울 한복판에 내가 서 있다. 사람 사는 곳이 서울이나 마산이나 별반 차이가 있을까 싶다가도 마산과 서울은 분명 차이가 있을 것이다. 그 서울에 내가 서 있다. 버스를 타고 버스에서 내려 예식장까지 그 짧은 거리를 걸으며 여기가 서울이다. 서울이야 생각한다. 마음속으로 자근자근 씹어 본다. 서울. 서울.

서울 하늘. 아무 데도 가지 않았다. 식장 안에만 있었다. 식당에만 있었다. 화장실만 왔다 갔다 했다. 친척 어르신들에게 꼬박꼬박 인사만 드렸다. 못 보는 사이에 아이들이 모두 처음 보는 얼굴이 되었다. 서울이라 생각하니 눈 둘 곳 찾느라 눈만 바빴다. 마산으로 되돌아갈 생각 하니 아득하기만 했다. 하늘이 점점 내려앉는 느낌이었다. 서울에서도 여전히 먹고 사는 이야기를 했다. 그럴 때마다 하늘이 점점 내려앉았다. 고종 형님이 공장에서 쫓겨났던 이야기를 추억처럼 했다. 그만큼 서울 하늘이 또, 내려앉았다. 고종 동생이 슬쩍 내 손을 잡아 주었다. 그만큼 서울 하늘이 또, 내려앉았다. 아이들 대학가는 이야기가 자연스럽게 나왔다. 그만큼 또, 서울 하늘이 더 내려앉았다. 서울 하늘이 아주 캄캄하게 내려앉은 다음에야 서울을 떠날 수 있었다. 서울에서는 역시 기를 펼 수 없었다.

2015년 12월 13일

새벽길. 어둑 길이 자동차 불빛에 놀란다. 얇은 가로등 불빛이야 동무가 된 지 오래지만, 길도 휴식이 필요하다. 저렇게 달리기만 하는 자동차 바퀴들을 받아 주느라 곳곳 팬 상처가 안쓰럽다. 열두 아이 딸린 가족에 대한 티브이 프로 속 엄마 같다. 자동차가 지날 때마다 어둠이 조금씩 걷히고 몇 개 남지 않은 가로수 은행잎이 자동차 꽁무니를 따라오다 길옆으로 밀려난다. 겨울은 밀어내는 계절, 봄여름 가을 앞만 보고 달려온 당신 잠시 쉬게 하는 계절, 그래그래 돌아보라 돌아보라고 속삭이는 계절. 그러고 보니 지금까지 제대로 된 반성문 하나 쓰지 못했구나. 그 많은 죄짓고도 용서를 빌지 못했구나. 너무 늦은 계절 겨울. 겨울 앞에 서서, 봄여름 가을을 돌아본다. 이 겨울. 겨울 품에 쉽게 안길 수 없겠다. 겨울 주위만 맴돌다 손 얼고 발 얼고 가슴까지 얼겠다. 일요일, 출근하는 일요일 새벽길이 나를 밀어낸다. 길옆으로 밀려난 은행잎 속에 내가 쪼그리고 앉아 있다. 점점 작아지고 있다. 떨어진 은행잎 시간처럼 나도 노래지고 있다.

가족. 새벽같이 물꼬 보러 가시던 아버지, 소 꼴 한 바자기 지고 오시던 아버지, 겨울이면 뒤란에서 쩍쩍 장작 패시던 아버지, 바깥채 처마 밑에 걸어 두었던 무쇠솥에서 부글부글 끓던 쇠죽, 아궁이에 몰래 넣어 두고는 깜박했던 고구마, 고구마 타는 냄새, 저녁상 앞에 두고 불호령이 떨어지던, 사그라지지도 않던 발간 숯불에 달아오른 얼굴들, 겨울 가고 봄, 봄 가고 여름, 여름 가고 가을, 다시 겨울. 내 빡빡머리 시절이 겨울과 나란히 서 있다. 그 옆에 아버지 어머니가 어린 동생과 누님들 콧김을 씩씩 뿜는 우리 집 암소 한 마리가 차례로 내 옆에 와 서 있는, 진즉 이런 사진 한 장쯤 있었더라면 내 가슴이 좀 더 훈훈해질 텐데, 멀리 양산에 있는 내 큰누님은 잘 있는지, 아이엠에프 외환위기 이후 실직한 자형 대신 지금까지 식당일 나가는 내 작은 누님은 잘 있는지, 오늘따라 아버지 어머니, 어머니 아픈 무릎이 더 걱정되는 하루다.

겨울. 바람 앞에 흔들릴 수는 있어도 꺾이지는 않겠다고 머리띠 질끈 묶고는 막걸릿잔을 단숨에 비우던 옛 동지인 조용현 형을 겨울 억새 앞에서 만났다. 지난 1년을 거침없이 진하게 살아온 흔적이 온몸을 빳빳하게 세우고 있다. 유연함은 봄여름 가을에나 해당하는 말, 겨울은 겨울하고 발음만 해도 몸이 굳어지는 계절. 시퍼렇던 억새도 겨울 앞에서는 몸이 점점 굳어지고, 빳빳하게 마른 몸으로 바람에 몸 맡기고는 서걱서걱 겨울을 받아들이고 있다. 언제 꺾일지 모르는 억새의 가늘어진 허리가 안쓰러운데, 솔잎은 새침데기 마냥 더 푸르다. 푸르다 못해 보기에 겁난다. 겨울 앞에서 저렇게 당당하다니, 누구나 푸르던 여름에는 돋보이지 않던 것들이 기가 죽는 겨울에 새파랗게 살아나는 것들을 어떻게 받아들여야 하나. 나는 그것을 독한 마음이라고 밖에 설명할 길이 없다. 온 산이 겨울을 살아내기 위해 자신을 비워가는 시간에도 꿋꿋하게 서서 정체성을 잃지 않는 저 솔잎의 독한 마음 앞에 나는 경배하지 않을 수 없다. 형의 손을 지긋이 잡아봤다.

시간에 대해. 바람이 불고 봄이 오고 다시 봄이 와도 꿈쩍 않는 저 바위에 물어본다. 이리 흔들 저리 흔들, 흔들리느라 제대로 제 자리 지키지 못했던 시간에 대해, 후회가 한 짐이 되어 등을 눌러도 비명조차 지를 수 없는 자본의 시대, 노동자들에 대해, 차라리 흔들릴 줄 아는 억새를 닮았다면, 억새를 닮았다면 후회는 언제나 순간으로 와서 길게 자리를 잡고 떠나지 않는다. 그래서 나는 잘못 살았다. 바위 앞에 마음을 내려놓는다. 그래도 바위는 아무 말이 없다. 나도 따라 말이 없다. 지금은 시간의 강을 건너는 중이다.

말간 하늘에다
손가락 끝 꾹 눌러 써 본다

이름 하나,
이름 하나 써 놓은
글씨마저 말간 흔적도 없는
저 너머,
나는 무엇을 새겨 놓을 것인가

하루를 매달 듯
어디쯤 가다 멈추고서는
다시 길 나설 수 있을까?
온 길마저 멀게 느껴지는 길 위에서
마음 내려놓는다

먼 산과 먼 하늘 사이
달랑이는 이파리 하나

—「12월에」 전문

풍습. 팔용산을 오른다. 얼굴을 가린 것만으로는 IS(수니파 이슬람 극단주의 무장단체, Islamic State)를 연상하고도 남을 것 같다. 등산객을 두고 하는 말이다. 저 배낭에는 무엇이 들어 있을까? 동네 뒷산 오르는데도 머리부터 발끝까지 완전무장을 하고 있다. 이 겨울 어디에 몸뚱이 내놓아도 한파 위협으로부터 보호받을 수 있을 것 같다. 지팡이 두 개는 여차하면 날카로운 무기로 변할 것 같고, 투박해 보이지만 화려한 색상으로 치장한 등산화는 아무리 험난해도 앞길을 보호해 줄 것 같다. 뭐니 뭐니 해도 짙은 선글라스에 가려진 눈동자가 예리하다. 복면시위 금지라는 큼지막한 자막이 눈에 들어온다. 이 정도는 되어야 등산할 수 있다. 도시근교산이 북적북적한 데, 나만 적응이 안 된다. 지팡이도 없이 선글라스도 없이 배낭도 메지 않고 달랑 물 한 병 들고 팔용산 오른다.

다시 풍습. 차림이나 행동거지만 보아도 직업이 무엇인지 대충 알 수 있는 게 도시다. 농촌은 누가 보아도 비슷한 삶이지만 도시는 다르다. 그러나 아이엠에프 외환위기 이후 도시에서도 옷차림만으로는 그 사람 삶을 속단할 수 없게 되었다. 말쑥하게 차려입고 산을 오르는 사람도 있고, 한낮 서류 가방을 들고 공원을 서성이는 사람도 있다. 초등학교에서 배운 기억을 떠올려 본다. 서류가방 들고 산에 오르는 저 사람을 어떻게 판단해야 할까? 신고해야 할까? 이른 아침 산에서 내려오는 것이 아니라 말끔하게 차려입고 산에 오르는 저 사람, 초등학교 때 우리 미래를 약속해 주던 선생님이 계시면 여쭈어보고 싶다. 어디에 신고해야 하는지.

2015년 12월 14일

비 님. 비 님 오신다. 하늘이 흐리다. 눈이 내릴 것 같다. 눈이라도 내리기라도 하면 두 손바닥 위에 고이 받아 모시고 싶다. 한 점 한 점 받아 모시고 싶다. 가슴 가득 안고 싶다. 금방 녹아 없어질지라도 그 순간만이라도 소원처럼 모시고 싶다. 남쪽에 마산에 눈 내리면 눈 내린다고, 개들이 먼저 뛰어다니겠다. 소원처럼 눈 내리면, 발자국들 조용히 찍어두고 뒤돌아보고 싶다. 그러나 비 온다. 겨울비 온다. 한 방울씩 뚝, 뚝 떨어진다. 마음이 뒤숭숭해진다. 눈이라도 내렸으면 하고… 하니 눈이 내리면 나이 따위 잊고 내가 먼저 눈이다 하고 누구에게라도 문자 메시지를 날리겠다. 눈처럼 펄펄 날리겠다. 그러나 비 온다. 비 님 오신다. 비 님 하고 발음해 보니 그것도 괜찮네! 라는 생각도 든다. 알 수 없는 마음. 눈이라도 내리면. 비. 비 님. 비 님 오신다. 살금살금 오신다.

시간 앞에서. 공장 화단 여기저기 뼈가 툭툭 튀어나온 앙상한 겨울 모과나무에 잎 몇 남아 하늘바라기 하고 있다. 이미 모과는 없다. 모과 향도 없다. 벌도 나비도 찾지 않은 지 오래되었다. 그 위에 비 내린다. 겨울비다. 뼈가 시리겠다. 누구 못지않게 봄과 여름을 안아 모셨던 모과나무 저 멀리서도 벌과 나비를 불러 모으던 모과나무 시간도 이 겨울 앞에서는 전설이 되었다. 시간 앞에서는 누구나 무엇이나 공평하지만, 시간 안에서 아옹다옹 살아가고 있다. 모과나무 옆에 배롱나무, 배롱나무 옆에 애기 사과나무, 애기 사과나무 옆에 목련, 목련 옆에 봄. 봄이다. 찰칵하고 사진 찍는 소리가 들린다. 경쾌하다. 지난봄 당신이 활짝 웃고 있다.

겨울 장마. 구름이 비를 몰고 다닌다. 창원공단 공장이라는 공장에서 구조조정이 한창이다. 여기저기 비가 쏟아지고 있다. 구조조정은 사람조정. 사람 잘라내는 것이라고 사전에 나와 있다. 겨울비. 겨울비는 차갑다. 차가운 장마. 육칠월 장마라고 하지만, 겨울 장마다. 겨울 장마는 음산하다. 잠자던 것들마저 깨운다. 이상기온이라 하지만, 겨울 장마는 하나도 이상하지 않다. 자연도 미쳐 날뛰고 있다. 미치지 않고는 배겨 낼 수 없다는 듯 겨울 장마가 하나도 이상하지 않다. 추워야 겨울이라는데 춥지 않은 겨울도 겨울은 겨울이다. 육칠월 장마처럼 비 내린다. 마음을 갉아먹고 자꾸자꾸 자라는 근심들 겨울 햇볕에 내다 말리고 싶다. 그러나 비, 비 내린다. 차가운 비 내린다. 장마다. 겨울 장마. 하나도 이상하지 않은 공단이라는 구조조정이라는 명예퇴직이라는 희망퇴직이라는 정리해고라는 국지성 겨울 장마다. 점점 폭우暴雨로 치닫는다. 겨울 폭우.

다시 겨울비. 비 피하느라 지붕처럼 가빠를 쳐 놓은 야외 작업장 안, 앵앵 악을 쓰며 쇠를 갈아 내느라 그라인더 불빛마저 지친 기색 역력하다. 커피라도 한 잔 마시고, 담배라도 한 대 태우고 하시라 크게 소리쳐 불러도 내 목소리는 가닿지 않는다. 겨울비가 가로막고 있다. 그라인더 소리가 잡아먹고 있다. 앵앵 악을 쓰고 있다. 벽이라고 다 같은 벽은 아니다. 소리조차 넘지 못하는 벽 앞에서 당신을 불러본다. 어이! 김 씨 박 형! 커피 한잔하고 해! 어이! 김 씨! 김 씨!

단결하라. 공장 처마를 가로 지르는 전선에 빗방울이 맺혀 있다. 배가 볼록하게 처진 전깃줄 따라 빗방울이 모여들어서는 똑똑 떨어진다. 한 방울 한 방울 제법 굵게 떨어진다. 힘이 있어 보인다. 안전모 쓴 채 전깃줄 아래 서 보면 안다. 뭉치면 힘이 된다는 말 새삼 확인한다. 이 땅 노동자여 단결하라! 만국의 노동자여 단결하라! 끊임없이 빗방울이 떨어지다 보면 안전모를 뚫을 수도 있겠다는 생각을 해 본다. 바위를 뚫었던 물방울들 힘처럼. 왜 노동자는 단결하지 못하는가. 빗물이 뚝 떨어진다. 머리 위에. 머리 위에. 죽비竹篦처럼.

폭풍전야. 무슨 일이 금방 일어날 것 같다. 요술 봉이라도 있으면 짠하고 이 불안한 공기를 걷어내고 싶다. 노사협의회 결과 희망퇴직 인원이 적정 수준에 이르지 않으면 정리해고를 위한 절차에 들어가겠다는 회사. 이건 횡포다. 조폭이 아니라 동네 깡패 수준이다. 이 회사에 더는 희망도 미련도 없다는 후배들 단호함이 부럽다. 십수 년을 한결같이 납기에 쫓기는 꿈을 꾸며 살았다. 그런 시간은 다 어디로 갔나. “귀하의 노고에 힘입어 회사는 발전하고 있습니다.”라는 급여 명세서에 새겨진 문구를 소리 내어 읽어 본다. 입이 바짝바짝 마른다. 탄다. 가슴 속이 부글부글 끓는다. 나는 어쩔 수 없는 노동자다. 피를 숨길 수 없는 노동자다. 내가 노동자라는 것을 한 번도 잊은 적 없다. 이건 각성이 아니다. 피다. 숨길 수 없는 노동자 피다.

2015년 12월 15일

날카롭다. 마음 다짐을 위해 아직 자를 때 멀었지만, 머리카락을 잘랐다. 거울 앞에 서 본다. 내 얼굴을 이렇게 유심히 본 것이 언제인지 기억에 없다. 보기에도 날카롭다. 군인 머리처럼 짧게 잘랐던 적이 언제였던가. 1990년 중반 노사가 한 치 양보도 없었던 팽팽했던 시간이 떠오른다. 숨 쉬는 공기마저 날카로웠던 시간이었다. 서로가 서로를 베고 베이는 시간을 지나, 누가 먼저 날카로움을 거두기 시작했나. 누가 먼저랄 것도 없이, 조금은 무디게 조금은 더 둥글어졌었던 시간을 지나, 조금 더 둥글어 지고 보니 날카로움은 짧은 것과 연결되어 있다는 것을 알았다. 짧은 것은 날카롭다. 시간도 예외는 아니다. 스스로 둥글게 말았던 시간을 짧게 짧게 구분하고 모아본다. 머리카락을 잘랐다. 짧게 잘랐다. 청년처럼 잘랐다. 청년이라는 시간은 짧구나. 짧다고 생각했는데 몰랐구나. 나는 아직 청년이다. 짧은 머리카락은 나를 날카롭게 만드는 청년이다.

다짐. 풀이 자라면서 유연해지듯 젊음도 마찬가지다. 어디로 튈지 모르는 럭비공 같은 나이를 지나 이제 누가 봐도 방향을 알 수 있는 나이가 되었다. 쉰. 나이가 들면서 눈으로 보고 귀로 듣는 것들에게도 여유가 생겼다. 바로 말이 되어 튀어나오는 것이 아니라 입속에 넣어두고 이리저리 굴리다 보면 모난 것들 저절로 없어지고 둥근 말이 된다. 여유는 아무래도 폭 넓은 강을 차지한 물처럼 환경이 만드는지도 모른다. 봐라. 저 좁은 계곡을 겁나게 질주하는 물의 얼굴을, 열두 가지 얼굴을 하는 물은 물 자신이 자신을 바꾸는 것이 아니라 환경이 그렇게 만드는 것이다. 머리를 짧게 잘랐다. 스스로 처음 시작을 다짐하듯, 분노 앞에 서듯, 머리카락을 짧게 잘랐다. 짧은 머리카락이 내 마음을 먼저 쿡 찌른다. 아프다. 그래 나는 아직 살아 있다. 파랗게.

노후는 안전하다. 국민연금 가입 안내서가 집에 도착해 있었다. 지금과 같은 금액을 60세까지 내면 120여만 원이 연금으로 만 64세부터 받을 수 있다는 안내장이다. 목구멍이 포도청인데, 안내서는 화려한 장밋빛이다. 내 노후는 안전하다. 노후는 안전한데 지금 현실이 불안하다. 이런 아이러니가 있는가. 여기는 대한민국이다. 나는 대한민국 국민이다. 국민 중에서도 노동자다. 노동자 중에서도 희망퇴직을 강요당하는 정리해고를 눈앞에 둔 내일이 불안한 노동자다. 그런데 노후는 안전하다. 나는 걱정 없다. 지금처럼만 국민연금을 꼬박꼬박 그러지 않고 납부하면. 나는 걱정 없다. 걱정 없단다. 제기랄!

가족. 희망퇴직 2차 면담이 시작된다고 한다. 2차 면담은 객관적인지 아닌지는 모르지만, 고령자 업무 중복자 저성과자로 나누어 진행된다고 한다. 사실상 살생부殺生簿다. 사람 목숨 줄을 쥐었다 놓았다 하는 게 누구인가? 하느님인가? 부처님인가? 아니다 아니다 전지전능한 자본 님이시다. 노동자 목숨 줄은 하느님도 부처님도 어쩌지 못하는 자본이 쥐고 있다. 보이지 않는 손이라는 말은 개뿔이다. 다 보인다. 겁나게 잘 보인다. 그게 자본이다. 자본의 힘이다. 내 밥줄을 쥐고 있는 위대한 자본의 마름들과 나는 지금 맞짱을 떠야 할지 모른다. 자본도 아니고 그 마름들에게도 통쾌하게 한 번 이겨본 이가 없다. 그래서 기대된다. 그래서 불안하다. 이건 꿈이 아니다. 누가 나에게 베팅을 하겠는가? 자기 자신이다. 가족이다. 가족이 마지막이다. 가족의 힘을 나는 믿는다. 최후의 보루는 가족이다.

노동으로 뭉친 근육은
언제 허물어질지 모른다
손바닥이 딱딱하다가도
노동에서 멀어지면
조개 속살처럼 부드러워지는 것이다

노을 앞에 섰을 때 그,
거친 손바닥으로
당신 얼굴을 쓰윽 쓰다듬어 보라
지난 시간이 어둠처럼 솟아나
왈칵 눈물 쏟을지니

여기까지 오는 동안
내 노동을 부정하지 않는 마음이 쌓여
탑이 되었다

탑은 탑 그림자가 거울이다
저 그림자를 누가 밟을 수 있을까

―「나는 여기까지이다」 전문

맑다. 참 오랜만이다. 햇살이 골고루 퍼지고 있다. 출하대기 제품 위에도 반짝. 잔재들로 가득한 고철 장에도 반짝. 잎 진 아까시나무 가지에도 반짝. 생각만 해도 모과 향으로 가득할 것 같은 모과나무에도 반짝. 어깨를 나란히 하고 있는 회양목 머리 위에도 반짝하고 살짝 햇살이 내려앉는다. 내려앉아서는 소곤거린다. 귓불이 간지럽다. 부끄럽다. 부끄럽다. 부끄러워 얼굴이 먼저 붉어지겠다. 햇살 속에 숨고 싶다. 온몸 드러내놓고 머리만 파묻고 숨고 싶다. 이렇게 햇살이 골고루 자비처럼 퍼지는 날에는 어디든 누구에게든 마음 줘도 괜찮을 것 같다. 불안한 마음이 조금은 느슨해지는 겨울 오후. 오늘은 나 자신에게도 그냥 흘려보낸 지난 시간에도 용서받을 것 같다. 볼트를 가지런하게 놓아본다. 멍키스패너를 가만히 쥐어 본다. 그러고 보니 참 오랜만이다. 마음속 깊이 햇살이 파고든다. 그냥 그대로 두기로 한다. 오늘 하루만이라도.

답다. 겨울은 겨울다워야 한다는 말을 가슴속에 넣고 소처럼 되새김질해 본다. 부모는 부모다워야 하고, 자식은 자식다워야 하고, 남편은 남편다워야 하고, 아내는 아내다워야 하고, 겨울은 겨울다워야 한다. 그래야 봄이 온다. 봄다운 봄이 온다. 행복다운 행복이 온다. 안성맞춤처럼 '답다'는 말은 얼마나 딱 맞는 '다운' 말인가? 나는 지금 아버지다운가? 나는 지금 노동자다운가? 아이들 앞에서 나는 불안하다. 아내 앞에서 나는 흔들린다. '답다'는 말은 지금 나에게는 어울리지 않는다. 오히려 딱딱 쇳소리를 내며 부딪치는 말이다. 왼발 오른발 하면 오른발 왼발하고, 들숨 날숨 하면 날숨 들숨 한다. 자본주의 사회에서 자본과 노동은 떼려야 뗄 수 없는 관계인데 노동자는 노동자답지 못하는데 자본만 자본다운 것 같다. 그래서 자본주의 사회이다.

아내. 커피를 마신다. 일회용 커피를 마신다. 커피 향보다는 프리마의 텁텁함이 입안을 더부룩하게 한다. 음악이 흐르고, 생각의 꼬리를 따라 이어진 길을 걷는다. 시작도 끝도 없는 길, 그 길에서 당신을 만나고, 아이들 태어나고 자라고, 이제 당신과 단둘 남아 처음처럼 길을 걷고 있다. 그림자가 길다. 해 지고 잔잔한 바람과 함께 슬픔이 밀려온다. 아이들 자랄 때는 느껴보지 못했던 삶과 죽음이라는 경계에 서 있는 나 자신을 발견하고는 깜짝 놀란다. 이 길 누가 걸어갔을까? 나보다 먼저 걸어간 이들 마음 헤아려 본다. 누가 뒤이어 내 마음 헤아려 볼까? 나보다 앞서 걸어간 사람도 지금 걷는 내 마음도 이 길 위에는 없다. 진한 커피 향 대신 입안에는 프리마의 텁텁함이 음악을 멈추게 한다. 생각의 꼬리를 자른다. 길이 어둠 속으로 몸을 숨긴다. 피곤함에 찌든 당신 숨소리가 집안 가득하다. 이 순간만이라도 가만히 당신을 위해 기도한다.

2015년 12월 16일

쌀쌀하다. 날씨나 바람이 춥게 느껴질 정도로 차다. 사람이나 그 품성이 정답지 않고 차다. 배 속이 좀 쓰리고 아프다. 쌀쌀하다는 말은 좋지 않은 말. 쌀쌀하다는 말은 느낌으로 안는 말. 쌀쌀하다는 말은 지금 나와 공장 사이를 두고 하는 말. 쌀쌀하다. 공장 정문을 들어서고 작업복으로 갈아입고 등나무 쉼터 지나 작업장으로 가는 길. 변한 것은 하나 없는데, 쌀쌀하다. 그러고 보니 쌀쌀하다고 느끼는 마음이 문제구나. 이 정도 바람은 시원하구나. 시원하다고 생각하니 정말 시원하구나. 상쾌하기까지 하구나. 이 정도에 춥다고 설레발치면 올겨울 어떻게 보낸담. 사람이 그렇게 약해빠져서야 뭘 하겠나. 마음이 꾸짖는 소리 들으며, 나는 작업장에 들어서서도, 출하를 기다리는 제품을 쓰다듬으면서도, 마음과는 달리 몸은 쌀쌀하고 춥기만 한데, 이 텅 빈 것 같은 분위기만으로도 살짝 부는 바람에도 꽁꽁 어는데, 나를 보고 지청구네. 내가 문제라네. 다 내 탓이라네. 그래 그러고 보니 다 내 탓이 맞네. 내 탓인 줄 나만 몰랐네.

쇠도 눈물을 흘린다. 겨울. 쇠들도 마음을 닫아걸었다. 더욱더 차갑다. 무뚝뚝하다. 산소 불 댕기니 주르륵 눈물을 흘린다. 너도 나처럼 마음에 상처가 깊구나. 이렇게 무뚝뚝하고 경상도 사내 같은 쇠도 마음 한 곳, 이리 약한 곳 있구나. 몰랐구나. 겉으로 강한 척만 하고 살아온 나를 닮았구나. 살짝 건들기만 해도 폭삭 주저앉을 것 같은 불 꺼진 짚단 같구나. 희망퇴직. 실직의 갈림길에 선 이 땅 노동자들 같구나. 언제나 가족을 위해 묵묵히 제 길 걸어온 아버지 같구나. 정리해고 한파 앞에 아버지들 가슴이 쇠처럼 차갑게 굳어 가누나. 산소 불 힘차게 댕기니 뚝 뚝 눈물 흘리는 쇠처럼 내 가슴에 누가 산소 불 좀 댕겨다오. 나도 참았던 눈물 쏟아 내고 싶다. 깊게 담배 연기 내뿜는 당신 손 슬쩍 잡아 주고 싶다. 눈으로라도 마음 건네고 싶다. 졸아든 심장 뛰는 소리 쿵! 쿵! 다시 힘차게 살리고 싶다. 왈칵 눈물 한 바가지 쏟을 수 있게 누가 나에게 산소 불 좀 댕겨다오.

몸과 마음. 등나무 쉼터에 앉아 커피 한 잔 뽑아 들고 가만히 보고 있자니, 마지막 남은 감나무 이파리 하나 빙글빙글 곡예 하듯 떨어진다. 바로 곤두박질치는 것이 아니라 온몸으로 공기 저항을 받으며 떨어진다. 높은 곳에서 세상 구경 좀 했거니 생각했는데 그래도 떨어지기는 싫은 모양이다. 아직은 더 푸르고 싶은 바람이 강하게 남아 있는 모양이다. 악착같이 손을 잡고 있고 싶지만, 손아귀에 힘이 빠지고 다리가 먼저 무너진 모양이다. 어쩌랴 마음과는 달리 몸이 먼저 말하는 것을 그게 겨울이다. 겨울은 마음보다 몸이 먼저 반응하는 계절, 두꺼운 옷을 찾게 되고, 점점 웅크리게 되고, 운신運身 폭이 줄어드는, 뭐니 뭐니 해도 먼저 열린 문을 닫는다. 겨울 앞에서는 다 닫는다. 희미하게 남아 있는 길마저 끊어지는 이유를 겨울에서 찾는다. 이미 커피는 다 식었다. 떨어진 감잎이 평온해 보이는 것은 마음의 문을 닫았기 때문이리라.

어머니. 아프지 않은 곳이 없다. 종합병동이라는 말 왜 생겼을까? 내 어머니 두고 하는 말이다. 평생 몸 돌볼 새 없이 일만 하다 세월의 막차를 탄 어머니, 눈 뜨면 여기저기 아프다는 말 첫마디가 되어 입을 여는 어머니, 이런 어머니 두고도 나는 제대로 해 드릴 수 있는 게 없다. 누구나 마찬가지라고 쉽게 말하지 말자. 그 누구보다 어머니 앞에 나는 죄인이다. 떨어지는 나뭇잎을 보면서 어머니를 생각한다. 어머니에게도 지금이 겨울이다. 한겨울이다. 겨울이 지나면 봄이 온다는 말도 쉽게 하지 말자. 봄이 온다고 겨울이 다 간 것이 아니다. 빠끔 열린 창으로 손 내밀어 본다. 겨울이 한창이다. 쌩쌩 바람 부는 깔끄막이다. 다가오는 일요일엔 어머닐 찾아 뵈야겠다.

희망. 12월하고도 중순. 걸핏하면 바람이 불고 빗방울 뿌리고 진눈깨비 날린다. 심술처럼. 누가 심술을 부리나 두꺼운 옷으로 몸을 감싸도 마음이 추운 이들이 심하게 몸을 떨고 있다. 이제 며칠 있으면 성탄절이다. 사랑을 싣고 달리는 썰매도 보게 될 것이다. 사슴은 뿔을 반짝반짝 빛나게 닦아 둘 것이고, 산타는 설친 잠을 양말 속에 고이 접어 넣어 둘 것이다. 한 해의 마지막은 늘 이렇게 마음이 추운 이들과 눈과 산타와 사슴과 썰매와 목이 긴 양말이 함께 해야 제격이다. 눈이 오기를 바라는 것은 아이들만이 아니다. 사진첩을 뒤지며 지난 시간을 헤아려 본다. 눈도 오지 않는 성탄절 나도 목이 아주아주 긴 양말을 기다리며 잠을 청한 적 있다.

다시 희망. 희망에 대해 생각해 본다. 손에 잡히지도 않는 희망. 눈에 보이지도 않는 희망. 있는 것 같고 없는 것 같은 희망. 잡힐 듯 잡히지 않고 보일 듯 보이지 않는 희망. 희망은 살아 있는 생물인가? 마음속 상상의 동물인가? 이 희망 때문에 다시 일어서기도 하고, 희망 때문에 삶을 포기하기도 한다. 희망 너는 지금 나에게 무엇이냐? 내가 너를 품어도 되느냐? 이 땅 노동자에게 언제 희망이 손을 잡아주기라도 한 적 있는지 새삼스럽다. 오늘 내가 희망에 대해 생각하는 것이, 그러고 보니 늘 내가 먼저 손 내밀었다. 네 대답 듣기도 전에 또, 손 내밀고 그렇게 지금 여기까지 왔다. 이제 생각해 본다. 나는 희망 대신 오늘 하루를 버티는 쪽에 손가락 걸겠다. 사실 그게 희망인지 모른다. 살아 있는 생물처럼 희망도 이리저리 움직이고, 마음이 변하기도 하고, 내 뒤통수를 후려치기도 한다. 무엇보다 몸이 먼저 대답할 때가 많다. 그래서 희망은 어디에도 없고 어디에도 있다. 오늘 내가 당신이 걸어가는 그 길이 희망이다. 믿자. 실체 없는 네 존재에 오늘 또, 내 목을 맡긴다.

첫눈. 바람 불고 첫눈 내리는 합성동은 젊음으로 북적인다. 그 속에 몸 섞어 보지만 마음은 섞이질 못한다. 옷깃을 곧추세워도 파고드는 눈바람 때문만은 아니다. 연신 스마트폰으로 눈을 담느라 정신없는 젊음이 보기 좋다. 눈 맞으러 박작박작 길거리 쏘다니는 동안 공장에 다니는 것이 일상인 사람과 그 공장에서 일 할 수 없는 불안이 겹쳐있는 사람들 이야기가 술자리를 뜨겁게 만들고 있다. 먹고 사는 일에 첫눈 같은 것은 끼어들 여지가 없다. 그러나 가끔은 첫눈이 가슴을 뛰게 하고, 눈을 반짝이게도 하고, 좀 더 착해지게 만들기도 한다. 그래서 사람들은 누구나 첫눈을 기다리는지 모른다. 너도나도 발길이 좀 느려지고, 남쪽에 마산에 첫눈 온다. 고이 모셔도 좋을 봄처럼 온다.

골목. 내려앉은 어둠의 궁둥이가 무거워진 골목. 발걸음 소리 하나 없는 골목. 싸락눈이라도 내리면 싸락싸락 비질하는 소리 들릴 것 같은 골목. 가끔 횅하니 바람이라도 불면 한쪽으로 쓸려가 싸락싸락 몸 비빌 것 같은 골목. 기역자로 꺾여 진 모퉁이에서 금방이라도 누군가 쓰윽 나타나면 퍼질러 앉은 어둠의 궁둥이가 들썩할 것만 같은 골목. 망개떡 장사 목청 돋우는 소리도 나지 않는 골목. 11시, 12시, 1시, 2시 이미 하루가 가고 이미 하루가 시작되어버린 시간, 사람 하나 없는 그 골목에 나 혼자 서성이고 있다. 깔깔거리며 낮 동안 골목을 누볐던 아이들 목소리가 달빛을 따라 새근새근 하늘로 오르는 시간. 그 골목에 혼자 서성이고 있다. 그림자도 없이. 그림자도 없이.

달빛마저 차가운

일자리 걱정에 잠 못 드는 밤

창문을 흔드는 바람 소리

나는 무엇을 기다리나

얼른 창을 열자

달빛이 먼저 쓰윽— 들어선다

겨울은 달빛마저 차갑다

—「겨울은 달빛마저 차갑다」 전문

2015년 12월 17일

창원은 남쪽. 전국이 한파에 몸살을 앓고 있다. 남쪽이라고 예외는 아니다. 북쪽 찬 기운이 남쪽 따스함마저 집어삼키고 있다. 남쪽. 남쪽이라고 발음만 해도 따뜻함이 밀려온다. 사람과 사람 사이에 남쪽이 있어 그래도 다행이다. 따뜻하다는 남쪽이라는 이런 단어마저 없다면 어떻게 봄을 기다리며 하루를 나겠는가. 겨울은 겨울 나름대로 성질이 있지만, 이 성질을 곧이곧대로 가슴에 안을 수 없는 사람들에게는 겨울은 그냥 추운 시간 추운 계절일 뿐이다. 나를 에워싼 겨울 냉기가 온몸을 얼어붙게 하고 있다. 이 겨울이라는 성질을 좀 여유 있게 대할 수 있는 자세가 되어 있는지 나에게 물어본다. 중심 뉴스는 여전히 전국 모든 거리가 한파에 움츠러들었다는 소식을 내보내고 있다. 가슴이 졸아드는 것이 꼭 한파 때문만은 아니다. 창원은 남쪽이다. 창원공단은 남쪽에 있다. 공단이 얼어붙고 있다. 꽁꽁 얼어붙고 있다. 동토凍土가 따로 없다.

감원 바람. 2015년에 1997년을 되돌아본다. 온 나라가 불황의 늪에서 헤어나지 못하고 있다. 그 위에 겨울 한파寒波가 더해지고 있다. 바람 중에 가장 강한 바람은 태풍이나 토네이도가 아니다. 감원 바람이다. 감원 바람이 불고 있다. 바람의 영향권, 바람의 강도, 바람이 지나는 길에 대해 기상청도 예상하지 못하는 폭력을 동반한 바람이 불고 있다. 언제 멈출지 어디까지 그 세력을 떨쳐갈지 TV에 나온 전문가들 얼굴이 심각하지만 예상할 수 없는 바람에 그들도 질질 끌려다니고 있다. 악몽은 지난 경험이 만들어 내는 현실임이 틀림없다. 2015년에 1997년에 꾼 악몽에 시달리고 있다. 온몸이 땀범벅이다. 주말에는 물 한 병 들고 동네 뒷산에라도 다녀와야겠다. 잠시라도 지난 시간을 훌훌 날려 보내야겠다.

헛방. 일하다 말고 하늘 본다. 우러른다. 눈에 들어오는 것은 하늘, 하늘에 빠지고 싶다. 그냥 풍덩 빠지고 싶다. 푸른 물이 튀어 오를 것 같다. 그리고는 잠잠해질 것 같다. 아무 소리도 나지 않는 고요. 그 고요가 나를 불안하게 한다. 가슴이 먹먹하다. 평화. 이건 평화가 아니다. 불안하다. 누가 고요를 평화라고 우기나. 그라인더 소리가 정신을 들게 한다. 공장에서 한눈팔면 사고 날 확률이 높다. 정신 차려라. 파란 하늘에 빠질라. 빠지면 다시는 제자리로 돌아올 수 없는 파란 하늘, 그 하늘에 풍덩 하고 빠질라. 풍덩 하고 빠지기라도 하면 누가 내 손 잡아주랴.

빨간불. 퇴근길 차들이 줄지어 섰다. 신호등 불 빛깔이 빨갛다. 파란 빛깔로 바뀌어도 움직이지 못하는 차들 사이를 오토바이가 잘도 지나간다. 이리저리 몸 비틀어 길을 만들고 있다. 오토바이 꽁무니도 빨간 빛깔 불이 들어왔다 사라졌다 반복하고 있다. 앞차가 출발하는가 싶더니 다시 빨간불이 들어온다. 신호등이 파란 빛깔로 바뀌어도 차량 꽁무니는 빨갛다. 빨간 빛깔은 거부 표시. 다가오지 마세요. 그만 멈추어 주세요. 인제 그만 헤어져요. 여보, 당신과 나 사이에도 혹 이런 빨간불이 켜져 있지는 않은지, 불 빛깔 강도만큼 사이가 가까워졌다 멀어졌다. 마음이 왔다 갔다 하지는 않는지, 그 빛깔에 가슴이 데지는 않았는지 차마 묻지 못하겠소. 다시 파란불이다. 다시 빨간불이다. 차들이 서서히 움직이기 시작하더니 멈추고 만다. 당신과 나 사이를 가늠해 본다. 아직은 파란불이 길게 들어와 있다. 다행이다.

2015년 12월 18일

선택과 강요. 누가 겨울을 시련의 계절이라고 했나. 살아 있는 모든 생명은 이 동토의 시간이 지나가는 동안 온몸 비워내며 견뎌야 한다. 숙명처럼. 공장 폐쇄. 희망퇴직 신청 마감일이다. 선택은 선택할 수 있는 조건이 주어질 때 가능한 일이다. 공평하지 않은 규칙 앞에 선택할 수밖에 없는 조건이라면 이건 선택이 아니라 강요다. 선택이라는 명분으로 포장된 횡포다. 그러나 현실이라는 괴물은 늘 그럴듯한 명분을 앞세워 자신을 죽이기도 살리기도 한다. 나와는 상관없이 겨울이 오듯 또 봄이 올 것이지만, 지금 내 의지와는 상관없이 선택을 강요받고 있다. 이 혹독한 겨울을 견뎌낸 자만이 오는 봄을 맞을 수 있다는 말은 얼마나 가혹한 형벌인가. 이건 잔인한 일이다. 이 땅 노동자에게는 한 번도 가을이 주어진 적 없다. 늘 겨울. 그래서 겨울을 받아들이는 데 그리 큰 어려움이 없는지 모른다. 또 겨울이다. 얼마나 많은 동료가 자신의 몸과 마음을 비운 자리에 쓴 소주를 채우게 될지 모른다.

이 땅 아버지들에게. 근심 어린 얼굴들 하나둘 모여들기 시작한다. 일은 뒷전이다. 퇴직서를 쓰느냐 마느냐는 철학이 아니다. 현실이다. 현실은 늘 엄중하다. 두꺼운 작업복 단추를 채운다. 누구는 이 공장에서 마지막으로 입는 작업복이라고 혼잣말하기도 하고, 누구는 말이 없다. 침묵은 동의가 아니다. 침묵은 복잡한 거부다. 항의다. 침묵 속엔 회한과 분노가 교차하고 있다. 아이들 얼굴이 떠오르는 것은 아버지 숙명이다. 어쩔 수 없는 것은 체념이 아니다. 아버지들 삶이 그렇다. 그렇게 골을 지나 고개를 넘고 강을 건너 여기까지 왔다. 좀 비굴해 보이더라도 욕하지 마시라. 이 땅 아버지들에게, 누구도 손가락질하고 욕할 자격은 없다. 아버지들 삶이 그렇다. 이 땅 노동자들 삶이 그렇다. 그 삶은 마땅히 위로받아야 한다. 그러나 아무도 위로받지 못한다.

자본의 본성. 바람 분다. 찻잔 속 태풍이냐 나비효과냐 이건 본질이 아니다. 설사 개별 면담을 통한 희망퇴직이 찻잔 속 태풍으로 끝난다 해도 그건 나비효과를 통해 노동자들에게 엄청난 심적 고통을 안겨주게 되리라. 언제 또 희망하는 노동자만 퇴직하라는 명분을 내세워 칼을 뽑을지 모르기 때문이다. 경제 최종 목표는 국민이 잘사는 것이다. 이 명제를 바탕으로 기업이 경영 활동을 하는 이유라고 나는 생각한다. 하지만 경영인들은 기업 경영은, 회사 목표는 주주 이익에 있다는 말을 아무 거리낌 없이 한다. 이익도 그냥 이익이 아니라 단기간에 큰 이익을 목표로 한다. 참을성이 가장 약한 것이 자본이다. 사람을 중심에 둔 철학이 아니다. 사람을 위한다고 광고를 하지만 그건 위선일 뿐이다. 모든 것은 욕심 때문이다. 끝없는 욕심 때문이다.

이 상호. 수십 년 동지이자 친구인 이상호가 희망퇴직을 선택했다. 어쩔 수 없는 일이라고 체념하기에는 너무 슬프다. 가슴이 먹먹하고 눈물이 난다. 각자 처한 삶의 환경이 다르다 할지라도 이건 아니다. 동지이자 친구이지만 내가 할 수 있는 게 하나도 없다. 이건 친구 개인 문제가 아니라 바로 내 문제이기 때문이다. 깃발이 바람과 맞서지 않는 이유를 나는 모른다. 눈앞에 아내와 아이들 얼굴이 어린다. 마음이 약해지는 곳에서부터 두려움이 싹튼다. 두려움이라는 싹을 잘라내기 위해서는 많은 것을 포기해야 한다. 포기는 용기가 필요하지만, 책임도 따른다. 미안하다. 그냥 미안하다. 내가 미안하다. 친구에게.

떠난다며 내미는 손 부러 잡지 않았네
헤어지는 것 아니라고 애써 부정해 보지만
눈물이 먼저 마음을 흔들고 마네
동지이자 친구인 이상호
가슴속 뜨거운 자네 이름 불러보네
아름답게 패배하는 법을 알고 있는 친구여
그것은 패배가 아님을 나는 알고 있다네
희망퇴직서에 서명하면서
자네 손끝에 얼마나 큰 분노가 어렸겠나
그러나 분노는 가슴속 깊이 잠시 묻어 두시게나
고용불안은 끝이 없고
언젠가 자네가 내 손 잡아 줄지 모를 일이니
그때까지 자네 분노는 가슴속에 묻어두겠네
떠난다며 내미는 손 부러 잡지 않았네
너무 쉽게 자네 손, 잡아 줄 수 없었네

—「손」 전문

2015년 12월 19일

아슬아슬. 아슬아슬하다. 하루하루가 아슬아슬하다. 하루 꼬리에 매달린 어제가 아슬아슬했고, 오늘이 아슬아슬하다. 내일이라고 달라질 게 없다. 달라질 게 없다는 것이 나를 아슬아슬하게 만든다. 두려움이 어둠처럼 솟아 발목을 두 다리를 감아채고 있다. 날 밝고 어둠 걷히고 공장 화단에는 어제 어깨를 나란히 했던 회양목들 오늘도 어깨를 나란히 하고 줄지어 있다. 그러나 내 옆은 허전하다. 누구는 남고 누구는 강요받아 떠나고, 떠난 자리가 횅하다. 남은 자 외로움을 위로받을 처지가 못 된다. 일 시작하기에 앞서 아침체조 음악이 건조하게 흘러나오고 뚝뚝 소리가 나는 팔다리를 굽혔다 폈다를 반복해보지만, 마음은 펴지지 않는다. 아직 해는 나오지 않았다. 쉽게 얼굴 보여 주지 않을 것 같다. 겨울이 그렇다. 둔탁한 쇳소리 앞세운 하루가 시작되고 있다. 낯선 얼굴을 대하듯 동료들 얼굴을 대하는 아침, 반갑다. 인사 건네는데도 마음이 천근만근 무겁다. 다들 알고 있다. 지금은 서로를 배려해야 한다는 것을. 작은 햇살마저 비껴가고 있는 하루, 하루가 시작되고 있다.

간짓대 끝. 적을 마주한 장수의 마음이 어땠을까? 긴 창 앞세우고 단 한 번 부딪힘으로 생生과 사死가 갈리는 시간, 어떻게 두려움 떨쳐냈을까? 수많은 병사가 지켜보는 가운데 의무감 때문이었을까? 아니면 무엇에 대한 간절함이었을까? 그래 간절하다. 죽음을 각오한다면 무슨 일이 닥친들 흔들리겠는가. 그러나 오늘, 지금 내 마음은 간짓대 끝에서 달랑거리고 있다. 입에 달고 살았던 독립운동 하는 심정으로 세상을 살면 못 할 것도 없겠지만 그만큼 많은 것 포기하고 감수해야 한다. 나라를 찾기 위해 목숨을 걸었던 선조들 삶이 생생하게 증명하고 있다. 돌아보지 않아도 입만 가지고 살았다. 붕어처럼 뻐끔뻐끔. 나는 너무 쉽게 살았다. 나이 쉰에 철이 든다. 너무 늦었다. 늦어도 한 참 늦었다.

바위. 한 발을 내딛자 거대한 바위가 길 한복판을 가로막고 있다. 딱 한 발만 내디뎠을 뿐인데, 바위 너머가 보이지 않는다. 그렇다고 바위를 타고 오를 수도 없다. 용기가 있고 없고 문제가 아니다. 지금 내 선 자리가 그렇다. 천지사방이 유방劉邦의 군사들이다. 고향에서 불렀던 노랫소리가 피리 소리에 실려 온다. 눈물이 난다. 그리움. 누구에게 말을 걸어야 하나. 하늘은 어제 하늘, 땅은 어제 땅, 나만 그 사이에서 마음이 녹아내리고 있다. 용접 불꽃은 여전하고 망치 소리는 높다. 이를 어떻게 설명할 길이 없다. 오늘은 내가 항우 군사가 되어 노래를 들으며 가족들을, 떠난 동료를, 내 딸 시목이를 생각한다. 나는 완전히 무장해제당하고 말았다.

괴물. 자본은 괴물이다. 이성도 감성도 없다. 이성과 감성은 사람에게나 해당하는 말. 벽을 향해 발길질하는 것과 같다. 어둠을 향해 주먹을 휘두르는 것과 같다. 하늘을 향해 고래고래 고함지르는 것과 같다. 망치 소리가 공장 천장을 울리며 들었다 놓았다 한다. 괴물 울음소리 같다. 그라인더 불꽃이 사방으로 퍼져 가슴을 찌르고 있다. 괴물 핏빛 눈빛 같다. 쇠를 이어 붙이느라 윙윙거리며 쉴 틈 없는 용접기는 씩씩대는 괴물 거친 숨소리 같다. 귀 막고 눈 감아도 쿵, 쿵, 쿵 괴물 심장 뛰는 소리가 나를 놓아주지 않는다. 꿈은 꿈이지만 가끔 꿈이 현실이 될 때도 있다. 그래서 꿈이 생생할수록 아침이 두렵다. 그런 날은 하루 내내 조심해야 한다. 미신迷信이라고 무시해도 되겠지만, 꼭 그렇지만은 않다.

하늘과 새. 근심과 걱정은 마음에서 오는 것이라고 한다. 성격에 따라 차이가 난다고도 한다. 하지만, 그건 동네 사랑방에서 훈수처럼 하는 말이다. 훈수 잘못 두면 뺨 세 대는 맞는 수가 있다. 새가 날자 새가 앉았던 자리가 휑하다. 졸가리 끝 하늘이 휑하다. 그 너머에 무엇이 있을까? 상상은 지금 이 순간을 잊게 해 준다. 새 한 마리 다시 날았다 다시 제자리로 돌아와 앉는다. 하늘이 그 자리에 도로 돌아와 있다. 하루가 낯설다. 새 때문이다. 하늘 때문이다. 이런 어처구니. 새 때문이 아니다. 하늘 때문이 아니다. 시간을 되돌려 본다. 새가 다시 하늘을 향해 날았다. 하늘이 따라 날아가고 있다. 내가 날아가고 있다. 많은 생각을 해도 오늘은 내 오늘이 아니다.

낯설다. 토요일 출근한다. 늘 그대로다. 그런데 다르다. 낯설다. 공장 가는 길도 낯설고, 공장 정문도 낯설다. 어제까지 인사를 주고받던 보안요원도 처음 보는 얼굴 같다. 식당도 심지어 탈의실도 낯설다. 정답게 들리기만 하던 망치 소리도 가우징 소리도 그라인더 소리도 낯설다. 쉬는 시간이면 둘러앉아 왁자하게 떠들던 야외 쉼터도 낯설다. 하루 일 시작을 알리는 종소리가 울려도 어찌할 바 모르겠다. 어제까지 인사를 주고받던 동료들이 보이지 않는다. 텅 빈 컨테이너 사무실에 덩그러니 홀로 방치된 이 좆같은 상황을 쉽게 받아들일 수 없다. 어떤 설명을 해도 받아들일 수 없는 현실을 앞에 두고 생각한다. 사랑하는 사람과 이별을 잊지 못해 가슴을 치는 한 사내의 마음을 생각한다. 그 하루를 생각한다. 긴 해 꼬리가 야속하기만 한 하루, 하루가 길기만 한 토요일이다.

외롭다. 사람이 겁난다. 그래서 외롭다. 산다는 것이 그런 것이라는 말은 하지 말자. 아무도 답을 줄 수 없는 게 삶이다. 그래서 오늘 살고, 내일 또 살아보는 것인지 모른다. 아무도 모르기 때문에, 섣불리 답을 찾을 수 없으므로 섣불리 묻지도 않는다. 그게 하루하루 사는 삶이다. 좀 느슨해지자고 다짐해 본다. 그럴수록 조급해지는 게 마음이다. 그래서 자주 외로움을 느낀다. 아직 그럴 나이가 아니라고 강하게 손사래 쳐 본다. 사실 그런 나이다. 그런 나이라고 인정하기 싫지만, 길을 걷는 동안 땅만 보게 된다. 여기저기 떨어진 가로수 잎들에 어리는 얼굴, 얼굴들 하나하나 예사로 보이지 않는다. 입은 아래로아래로 하지만 마음은 자꾸 내려가지 않으려 버틴다. 살아 있기 때문이다. 살아 있는 모든 것은 넓게, 높게, 커지지만 죽은 것들은 작아진다. 살아 있으면서 죽은 듯이 사는 삶을 생각한다. 숨소리조차 작아지고 있다.

싱숭생숭. 늦은 오후 햇살이 아파트 창문을 열고 있다. 바람도 없다. 오늘 몇 집이 이사 가고 오는지 온통 이삿짐 내리고 올리는 사다리차 소리가 아파트를 들었다 놨다 한다. 새로운 시작은 늘 가슴을 뛰게 한다. 이사하는 사람도 이사 오는 사람도 새롭기는 매한가지일 것이다. 그러고 보니 나도 이 아파트에 이사 온 지 10년이나 되었다. 첫날처럼 창문 너머 귀퉁이만 보이는 무학산은 여전하고. 앞 동에 가려 반이나 숨은 하늘도 얼굴빛이 여전하다. 놀이터에는 어제와 다름없이 아이들 소리로 왁자하고, 아— 아— 관리사무소에서 알립니다. 하고 불쑥불쑥 집안을 기웃거리는 관리사무소 소장 목소리도 여전하다. 모든 것이 제자리 지키고 있는데 나만 제자리에서 헐렁하게 빠져 있다. 그래서 마음이 평화를 얻지 못한다. 이게 다 내 일상을 흔들어 놓은 밥 때문이다. 희망도 없는 희망퇴직 때문이다. 불청객처럼 불쑥불쑥 나타나는 감원 바람 때문이다. 내일이 어떻게 될지 막막한 일자리 때문이다.

한때 나는 희망을 꿈꾼 처녀였다
지난 꿈은 어디에 두고
벽 앞에 서서 또, 꿈을 꾸는가

깃발은 더는 바람과 맞서지 않고
북소리는 더는 심장에 와 박히지 않는다

한 그릇 밥보다는
사람이 소중했던 시절을 살았던
아버지 어머니는 늙을 만큼 늙었다

지금은 다시, 『겨울 공화국』을 노래하고
『광장』을 꿈꾸고
『노동의 새벽』을 걸어야 할 때

서로를 갈라놓는 밥이라면 내가 굶자
그러나, 낭만은 밥이 되지 않는다는 것을
지난 시간이 채찍이 되어 말해 주고 있다

간절한 구호들이 널브러져 있는
광장 귀퉁이에서
꿈을 꿀수록 앞에 놓인 밥이 불안하다

—「꿈꿀수록 밥이 불안하다」 전문

2015년 12월 20일

일요일. 일요일 하고 혓바닥 위에 올려놓고 이리저리 살펴보고 요리조리 불러본다. 새삼 가슴에 와 또박또박 박힌다. 지금까지는 일요일이라고 해서 특별하게 쉬어야지 하고 생각해 본 적 없다. 지난 십수 년 동안 그랬다. 당연히 공장에 출근하고 퇴근하고, 그러니까 공장에 가는 것이 일상화되어 있었다. 그게 마음이 편안했다. 가만히 생각해 보니 그렇게 사는 게 아니었다. 쉴 때는 쉬고 일 할 때는 일 하고 그게 공장 다니는 마음가짐이라고 고쳐 생각해 본다. 아무리 열심히 일해도 공장은 여차하면 노동자들을 공장 밖으로 내쳐 버린다. 그걸 알면서도 잘 알면서도 나는 일회용 소모품이 아니다 하고, 애쓰며 왔다. 참 어리석은 일이다. 꼭 나에게만 해당하는 일이 아니다. 감원 바람 앞에 견디는 장사는 없다. 그런데 정년을 60세까지라고 정해 놓았다. 이게 현실이고, 바닥이다. 공장을 떠난 동료들을 생각한다. 일요일. 일요일 하고 입안에 넣고 이리저리 요리조리 살펴보고 불러보듯 이름 하나하나를 새기듯 불러본다.

이기주의. 계모임을 다녀왔다. 동네 친구들은 여전했다. 몸을 위해 연말이라고 술자리가 잦아 아예 술을 입에 대지 않는 친구도 있었다. 아내는 일하러 가고 혼자 참석한 친구도 있었다. 일요일이라고 다들 노는 게 아니다. 언제나 그랬겠지만 먹고 사는 문제는 당연히 모임에서 첫 번째 단골 메뉴다. 이번 달에는 며칠이나 일을 했는지, 일이 있을 때 한 대가리라도 더 해 놓아야 한다는 친구의 말에 또, 술잔을 든다. 그러다 자연스럽게 애들 학교문제로 넘어가다 보면 누가 먼저랄 것도 없이 더는 이야기가 잘 넘어가지 않는다. 친구들 삶도 별반 다를 것 없지만 내 처지가 지금은 절벽이다. 결국, 모든 것은 나 자신이다. 내 몸과 가정 안정이 우선 되어야 한다. 그게 되지 않으면 눈을 밖으로 돌리기가 쉽지 않다. 이를 이기주의라고 매도할 수 있을까. 아니 언제부터 이를 이기주의가 아니라고들 당당하게 말하게 되었을까. 부끄럽다. 아무도 하늘을 보지 않는데 푸른 하늘에 떠 있는 먹구름 한 점에 누가 눈길을 주겠는가.

아내의 생각. 비가 내리고 있다. 겨울비다. 일요일 거리는 한산하다. 막 내리기 시작하는 비를 피하느라 다들 발걸음이 바쁘다. 음식점에도 손님들이 띄엄띄엄 앉아 있다. 일자리가 불안하니 당연히 소비가 준다. 지갑을 열지 않는 것은 그만큼 경제가 어렵다는 방증이다. 경제가 어렵다는 것은 부가 한쪽으로 치우쳐 있다는 말이다. 똑같이 일해도 임금이 다르다는 것이 증명하고 있다. 정규직과 비정규직, 대기업과 중소기업, 남자와 여자, 갈가리 찢어놓고 사람에 관해 이야기할 수 있을까. 갈수록 삶이 팍팍하다. 더 팍팍해질 것이라는 전망을 전문가들이 내놓고 있다. 그들 이야길 들으면 심각하다 못해 한 짐이다. 살아갈 날들이 무겁게 다가선다. 아내와 빗속을 걸어서 집으로 왔다. 내리는 비를 맞으며 아내는 무슨 생각을 하고 있을까. 아무래도 나와 같은 생각을 하고 있을 것이라고 짐작만 해 본다. 빗소리는 무거운데 발걸음은 자꾸 오종종 거린다.

다시 괴물. 가로수 은행나무가 맨몸으로 서서 비 맞고 있다. 잎 다 떨어뜨린 등나무가 서로 몸 맞대어 비 맞고 있다. 잎이 있을 때는 보이지 않던 등나무 등이 앙상해 보인다. 나도 허세 부리며 살아왔다. 잎 떨군 등나무를 보니 내 앙상한 두 다리와 얇은 가슴을 볼 수 있었다. 작은 바람에도 휘청거리는 것은 이처럼 이유가 있는 일이다. 먼저 나 자신을 탓해야 하지만, 이건 나만의 문제가 아니다. 나 개인 문제로 몰아가는 사회가 문제다. 열심히만 일하면 잘 살 수 있다는 희망이 없어진 사회에게, 이런 사회를 만든 괴물들에게, 또, 그 괴물을 만든 괴물들에게 내가 할 수 있는 게 없다. 그래서 다들 자기 탓으로 돌리며 하루를 골방에 가두어 놓고 산다. 자신을 결박하고 자신을 낭떠러지 앞에 세우고 있다. 오늘도 주인 잃은 가지런한 신발들이 뉴스를 타고 있다.

밥충이. 헛살았다. 입만 가지고 살았다. 노동자가 어떻고 떠들었지만 정작 내 밥그릇 앞에서 먼저 허리가 꺾이는 것을 보니 나는 정말 헛살았다. 정규직 노동자로 비정규직 아픔을 잘도 시詩로 쓰고 입으로 내뱉으며 살아온 시간이 모두 헛된 삶이었다는 것을 깨닫는다. 한 마리 밥충이로 살면서 잘도 떠벌리며 살았다. 책임질 일 하나도 못하면서 책임지는 것처럼 떠들며 살았다. 내 목에 넘어가는 밥 한 숟가락만 생각하고 살았다. 그게 정규직 노동자가 지닌 한계라는 것을 모르고 살았다. 큰소리만 치고 살았다. 오늘도 열악한 환경에서 쥐꼬리만 한 봉급을 그것도 제때에 받지도 못하는 노동자들 이야기를 잘도 지껄이며 살았다. 나이 오십에 깨닫는다. 헛살았다고 깨닫는다. 한 마리 밥충이라고 만천하에 공개한다. 누구나 나에게 돌을 던져다오. 던져다오. 나는 충분히 돌을 맞을 자격이 있다.

나는 없다. 내가 나를 버릴 수 없는 것이 나를 슬프게 한다. 그 슬픔에서 헤어나지 못한다. 이제 나는 내가 아니다. 내 속에 내가 없다. 고함이라도 질러보고 싶다. 그러나 할 수 없다. 내가 나를 버릴 수 없는 현실이 아프다. 바늘로 찌른다. 또 찌른다. 아프다. 슬프다. 온갖 감정들이 나를 괴롭힌다. 바람 빠진 풍선처럼 나는 어디를 향해 가고 있는지, 그곳이 어딘지 나는 모른다. 나는 내가 아니다. 이건 반성으로 될 일이 아니다.

2015년 12월 21일

동료가 걱정되는 아침. 또, 비 내린다. 도둑고양이처럼 내린다. 잠시 눈 감았던가 벌써 아침이다. 그 사이 비 내리고 아침이다. 무슨 겨울비가 이리도 잦나. 아직 어두운 시간, 아침 5시는 이른 시간, 그 이른 시간에 이미 신문은 대문 앞을 지키고 있다. 가끔 엘리베이터에서 마주치던 요구르트 아줌마도 다녀간 시간, 출근하는 도로 위 빗물 튕기며 차들이 달린다. 튕겨 나가는 빗물 보며 일상에서 벗어 난, 내처 진 동료들을 생각한다. 그들 하루는 어떻게 시작할까. 아침이면 눈뜨고 출근하던 사람이 지금 당장 갈 곳 없다는 그 막연함. 그라인더 소리 망치 소리는 여전히 살아 그 자리에 있고, 웃고 울고 했던 지난 시간도 그 자리에 고스란히 남아 있는데, 나만 줄에서 벗어난 그 황당함을 스스로 인정할 수 있을까. 사람이 왜 자살하는지 알 것 같다는 말을 남기고 돌아서던 동료가 걱정되는 아침이다. 오늘은 전화라도 넣어봐야겠다. 소주라도 한잔 해야겠다. 그래야 내가 살 것 같다.

유목민. 이제 돌아갈 길이 염려다. 아니 돌아갈 길은 없다. 이 땅 노동자에게는. 해고는 살인이라는 구호는 구호가 아니다. 일제강점기 농토를 빼앗긴 조상들이 농사지을 땅을 찾아 백두산 넘어 북간도로 유배 아닌 유배를 떠났던 역사적 사실이 말하고 있다. 농토를 빼앗긴 농민이나 공장에서 쫓겨난 노동자는 밥을 찾아 떠도는 유목민遊牧民이다. 누가 이 땅 노동자를 이 공장 저 공장 일거리 찾아 떠도는 유목민으로 만드나. 정주定住는 인류 역사에서 인간이 추구하는 삶의 최소한 꿈이다. 그 꿈이 점점 희미해지고 있다. 빼앗긴 꿈을 어디에서 찾나. 나는 유목민이 아니다. 고래고래 고함을 질러본다. 목소리가 되어 나오지 않는다.

다시 내일. 창문 열고 가슴 깊은 곳까지 천천히 공기를 들여 마셔 보아라. 그건 내가 살아 있다는, 아직은 살아야 하는 이유를 찾게 될지 모른다. 철저하게 고립된 독방에서도 자신의 우주를 만들어간 선지자先知者들 삶을 책에서 읽었던 기억이 있다. 갑자기 가슴이 부풀어 오른다. 내일이라는 단어가 가진 마력魔力이다. 그 마력 앞에 오늘 하루를 맡긴다. 내일이 누구에게나 희망이 된다면 내일을 품어도 좋겠다. 그래서 내일이다. 내일. 이것이 내일의 마력이다.

아버지의 길. 어딘가로 탈출하지 않고는 배길 수 없는 것이 인간이라면 나는 어디로 탈출해야 한단 말인가. 한 발짝만 헛디뎌도 천길 낭떠러지인데, 내 안에서 내가 길을 찾는다. 외쳐본다. 천지사방이 길이지만 천지사방이 벽이다. 나는 두려움 가장 가까이 서 있는 나를 느낀다. 나약한 한 인간 민낯을 대하고 있다. 아버지를 생각한다. 아버지가 걸어온 길을 생각한다. 죄송하다. 내 아이들 앞에서 내 아버지를 생각한다. 죄송하다. 아버지는 한 번도 밥 앞에서 탈출해 본 적 없다. 그래서 더 미안하다. 죄송하다.

실감한다. 점심시간 종이 울리고, 늘 함께 식당으로 향하던 동료들이 오늘은 보이지 않는다. 없는 줄 알면서 이리저리 둘러보다, 실감이라는 단어를 떠올린다. 실감이 난다. 매우 기쁘거나 너무 슬프거나 하면 이성이 마비되고 감성마저 통제되지 않는 것을 주위에서 보아왔다. 실감이 난다. 이 단어가 가지고 있는 속성을 실감한다. 숟가락 부딪히는 소리가 왁자한 식당에서 혼자 앉아 밥을 먹는다. 밥이 목구멍으로 넘어가는지 밥맛을 느끼지도 못하고 밥을 먹는다. 어떻게 먹었는지 기억도 없이 식당을 걸어 나오며 커피라도 한잔해야지 하다가 오늘따라 화사한 햇살이 밉기만 하다. 봄은 멀었다. 이 거죽만 화사한 겨울 햇살에 속지 말자. 겉만 번드르르한 공장에 관한 광고처럼 페인트칠 아래 숨은 거친 악다구니로 덧칠된 저 벽처럼. 지금은 겨울이다. 한겨울이다.

몸이 굳은 채로 바라본다
시선마다 딱딱하다
내 몸을 감싸고 있는
공기며 바람이며 하늘의 구름이며
막 솟아나는 햇살마저 딱딱하다
흙의 속살을 만져본다
파도 소리를 모아본다
온몸이 닳고 닳은
강바닥 돌멩이에도
마음을 건네 본다
손을 건네 본다
허공에서 느껴지는
나의 너의 마음과 마음이
등과 등이 딱딱하다
혼자 힘으로는
가 닿을 수 없는 곳에 있는
나의 등 너의 등
오늘은 내가 등을 긁어 주고 싶다
누가 내 등을 어루만져 주랴
이미 그곳에 가 닿아 있는
시선이 딱딱하다

—「나의 등 너의 등」 전문

천둥벌거숭이. 삶이 그리 호락호락한 것이 아니라는 것을 너무 이른 나이에 알아버렸다. 열네 살에 첫발을 들인 공장에서 줄곧 형들이 살아온 삶과 형들이 사는 모습을 통해 나의 미래를 봤다면, 지금은 내가 서 있는 모습에서 후배들 미래를 생각한다. 그리고 언제나처럼 나는 누구인가 어디서 왔는가 어디로 가는가. 라는 이런 물음 앞에 꿇어앉아 벌서는 날이 많아지고 있다. 골목을 돌아 나가는 바람 소리, 하루 처음 햇살이 퍼지는 소리에, 쏟아지는 소나기 그 무지막지함에, 무작정 처마 아래로 달려가는 어둠과도 같은 시간의 광속 앞에, 천둥벌거숭이로 서 있는 나를 발견한다. 외로움은 이 같은 시간에 어둠처럼 달려와 화인火印처럼 똬리를 튼다. 발끝에서 가슴으로 머리로 번지는 불길을 나는 감당할 수가 없다. 이러다 내가 폭발해 버리겠다. 이런 날은 소주 한잔하지 않고는 배기지 못한다.

40%. 187명 중 74명의 동료가 공장을 떠났다. 40%다. 40도짜리 술이라도 한잔해야 견딜 수 있겠다. 너무 독하다. 혀끝에서 입안을 훑고 위장을 뒤흔들고 있는 이 뒤끝. 어지럽다.

자괴감. 어제까지 한솥밥을 먹던 식구가 아침에 보이지 않는다. 하늘로 솟은 것일까? 땅으로 꺼져버린 것일까? 부끄럽다. 부끄럽다. 얼굴 들 수 없는 이 자괴감이 내 가슴을 난도질하고 있다. 살아 있어도 살아 있는 게 아니라는 말 온몸으로 느낀다. 벽과 벽 사이에 또 벽이 있다. 그 벽 속에 내가 들어 있다. 이제 더는 꼼짝할 수 없다. 벗어날 수 없다. 내가 놓은 덫에 내가 걸려 발버둥 치고 있다. 지난 24년이라는 시간이, 노동조합 활동을 하며 보낸 시간이, 머리띠를 매고 붉은 조끼를 입고 노동자가 어떻고 하며 떠들었던 시간이, 늪에 빠져 허우적거리고 있다. 이 늪에서 영영 벗어나지 못할 것 같다.

가슴을 뒤흔드는 파랑. 해안도로를 지나 퇴근하면서 잠시 차를 세워두고 일렁이는 바닷물을 바라보았다. 바다의 파랑은 끝이 없다. 끝없는 길의 처음처럼 두려움이 먼저 밀려왔다. 덮쳐오는 두려움 앞에 나는 온몸 진저리치며 어둠을 한 움큼 쥐어 보았다. 보이는 것은 이제 점점 가까이 다가서는 어둠뿐이었다. 친구가 손을 내밀 듯 어둠은 나에게 가슴까지 열어 보였다. 그러나 선뜻 그 옷섶을 헤집고 들어갈 수는 없었다. 그게 나에게 유일하게 남은 삶의 이유이기 때문이다. 사람은 그래, 짐승이나 새들이나 어찌 다를까마는 사람에게만 있다는 내일이 고개를 내미는 것도 보통 이런 때쯤이다. 슬쩍 그 손을 잡아주어도 되겠지만, 눈 앞에 펼쳐진 파랑이 더욱 마음을 흔들고 있다. 이제 모든 것을 놓아주어야 한다. 한 세기가 끝나지도 않은 시점에 먼저 후회부터 하게 된 꼭 쥔 빈주먹. 눈물이 뚝 떨어졌다. 내 몸뚱이가 뚝 떨어졌다. 앞은 천 길 낭떠러지였다.

2015년 12월 22일

소문과 현실. 동지冬至라고 아버지 집에 들렀다. 팥죽은 드셨는지, 온몸에 세월이 녹아 있는 어르신들에게는 동짓날 팥죽을 끓여 먹는 것은 의식 같은 것이다. 어릴 때는 팥죽에 새알을 나이만큼 먹어야 한 살 더 먹게 된다고 믿었다. 집에 들어서자 대뜸 물으신다. "너 거 공장은 우떻노, 테레비에서 뉴스가 나오고 난리던데" 아버지 어머니 걱정이 한 짐이셨던 모양이시다. 전화라도 해서 직접 물어보지도 못하고, 걱정으로 얼굴이 굳어 계셨다. 며칠을 두고 희망퇴직이 어떻고 하며 테레비에서 떠들어 댔으니 어찌 걱정하지 않을 수 있겠는가. 멀리 계신 이모님도 전화가 오고 한 모양이다. 걱정하지 마시라고 이만저만 공장이 이러저러하다고 말씀드렸지만 참으로 낭패다. 하루가 멀다고 날아오는 어수선한 소문의 실체를 누가 알겠는가. 갈수록 소문은 그냥 소문이 아니라 사실이 되는 게 현실이다. 어릴 때는 팥죽에 새알을 나이만큼 먹었지만 이제 새알을 먹는 게 겁이 난다.

동지. 일 년 중 밤이 가장 길고 낮이 가장 짧은 날이다. 이 긴 밤에 잠 못 드는 사람 있다. 눈만 말똥말똥 뜬 채 밤을 새우는 사람 있다. 짧은 낮을 걱정하느라 긴 밤을 지새우는 사람 있다. 가끔 내뱉는 한숨이 무거운 방 안을 더욱 무겁게 채우는 사람 있다. 영영 아침이 올 것 같지 않은 밤이다. 별들도 빛을 잃었다. 자지러졌던 바람이 다시 일기 시작한다. 이 긴 밤 어떻게 보내느냐며 긴 문자가 날아들었다. 답도 해 주지 못했다. 긴 밤 탓이다. 긴 침묵 탓이다. 쿵쿵거리는 가슴 탓이다. 정적을 깨는 구급차 사이렌 소리, 누가 이 긴 밤에 슬픔을 뚝 뚝 떼어내나. 누가 이 긴 밤에 삶 끈을 놓기라도 했나. 누군가의 긴 울음소리가 들리는 것 같다. 꺼이꺼이 고개 넘는 울음소리 들리는 것 같다. 긴 밤이 다 새도록 슬픔이 무릎까지 차곡차곡 쌓이겠다. 슬픔의 무게에 아침이 일어서지 못하겠다. 창문이라도 열고 긴 밤과 좀 친해져야겠다.

밥줄 떨어져 나뒹구는
겨울 오후,
오롯이 추억으로 남은
공장 화단을 혼자서
거닐어 본다

꽃 지는 것만
슬픈 일 아니다
몇 번 꽃 피고
몇 번 꽃 지는 사이
그 자리에 남아 있는
바람 같은 세월이
더 슬픈 일이다

꽃 피었다
마음 들떠 야단스러워 할 일
더욱 아니다
바람 따라 난 길 위에
꽃잎 떨어지듯
그대 목소리 들리지 않는
겨울 오후,

—「당신을 불러본다」 전문

2015년 12월. 생일— 축하 메시지만 보냈다. 돌잔치— 축하 메시지만 보냈다. 결혼— 축의금만 보냈다. 장례— 다른 자리는 몰라도 문상은 꼭 갔다. 출판기념회— 축하 메시지만 보냈다. 각종 계모임 — 참석지 못한다고 메시지만 보냈다. 가족과 외식— 꿈도 꾸지 않았다. 연말 송년회— 언감생심焉敢生心 생각도 하지 않았다. 내가 할 수 있는 것은 아이들 손을 잡아주고 아내에게 웃어주고 아버지 어머니 뵈러 가는 것. 그래, 새로운 한 해가 시작되어도 별반 다를 것 같지 않다. 살아 있느냐고 묻는 게 겁난다. 그래도 살아야 한다고 희망처럼, 안부 메시지 주고받지 않게 되기를 기도한다.

2015년 12월 23일

아빠 괜찮아. 괜찮으냐고, 동생에게서 전화가 왔다. 큰 누님에게서 전화가 왔다. 작은 누님에게서 전화가 왔다. 동창들에게서 전화가 왔다. 동인들에게서 전화가 왔다. 사촌에게서 고종에게서 전화가 왔다. 심지어 1998년에 해고로 공장을 떠난 동지에게서 전화가 왔다. 괜찮으냐고, 구름이 묻는 것 같다. 공장 화단을 가로지르는 들고양이가 묻는 것 같다. 들쥐들이 묻는 것 같다. 공장 야외 작업장을 제집인 양 기우뚱 기우뚱거리는 비둘기들이 묻는 것 같다. 하루에 두 번 공장 야외작업장을 스치며 지나가는 진해행 열차가 묻는 것 같다. 말은 하지 않아도 아내가 걱정스러운 얼굴로 묻고 있다. 올해 대학 입학하는 딸 시목이가 "아빠 괜찮아?" 하고 묻고 있다. 아르바이트하느라 바쁜 아들이 묻고 있다. "아빠 괜찮아?" 하고 묻고 있다.

신 계급. 노동자는 직업이 아니라 신분이다. 계급이다. 노동자와 자본가는 주종관계이다. 대등한 관계. 자유로운 계약관계. 앞에 나열한 것 이외에도 많은 관계가 있겠지만, 이 관계에 대해 어느 것을 인정하느냐 차이가 한 사람이 걸어가야 할 길을 결정한다. 선택은 자유이겠으나 결과는 판이하다. "노예가 노예인 것은/자기가 노예이면서 노예인 것을 깨닫지 못한 자"*라고 했다. 이 땅 노동자이면서 자기가 노동자라는 것을 깨닫지 못한다면 당신 장래는 어두울 것이다. 캄캄할 것이다. 언제든지 자본의 힘 앞에 밥줄이 좌지우지될 것이다. 노동자라고 해서 다 같은 노동자는 아니므로 그나마 노동자에게 미래가 있지 않을까 내일이라는 단어에 가슴이 뛰는 것처럼. 나는 내가 노동자이면서 노동자라는 것을 깨닫고 있는지 묻는다. 가슴에 손을 얹고 묻는다. 몇 번이고 묻는다. 나는 노동자다.

* 김남주의 시 「노예라고 다 노예인 것은 아니다」 부분

내가 죄인이다. 희망퇴직으로 퇴사한 동료들을 만나는 자리, 떠난 사람보다 남은 사람이 죄인처럼 고개 들지 못했다. 술잔이 돌고 돌았으나 누구 하나 쉽게 웃을 수는 없었다. 누가 우리를 죄인으로 만들었나. 자리를 파하고 시내버스를 타고 가는 내내 창밖만 바라보았다. 어둠이 짙게 깔린 도시는 어둠을 몰아내느라 온몸으로 저항하고 있었다. 어둠은 그냥 어둠으로 와 있는데 도시만 난리를 피우는 것 같았다. 내일이 없는 것처럼 지금 이 순간에 밥줄을 거는 노동자처럼 지쳐 보였다. 버스를 타고 내리는 사람들도 다들 얼굴이 어두워 보였다. 친구에게 전화를 걸었다. 그래도 전화를 하면 받아주는 친구가 있어 다행이다. 오늘은 죄인처럼 앉아 술잔만 비웠다. 희미한 달빛도 가까이 오지 못했다.

다시 내가 죄인이다. 동료들이 떠난 일터에서 일을 한다. 언제까지 이런 마음으로 일해야 하나. 눈에 보이는 것들 들리는 것들 죄다 우울하다. 야외작업장을 이리저리 뛰어다녀도 마음은 우울하다. 등에 땀이 흥건히 배어나도록 일을 해도 우울하다. 지나는 얼굴들도, 씩씩대는 지게차도, 신호수 지시에 따라 올라갔다 내려갔다 하는 크레인도, 처마 밑에 줄지어 앉은 비둘기 떼도 우울해 보인다. 날씨 탓이라고 에둘러 보지만 내 마음 속일 수는 없다. 동료들 얼굴이 공장 벽에 어린다. 나도 모르게 양손을 들어 흔들어 주었다. 한참을 흔들어 주었다.

기계들이 우울하다
쌩쌩 돌다가도
쿵쾅쿵쾅 찍어 내다가도
위잉 위잉 고함을 지르다가도
철컥철컥 잘라내다가도
씩씩 씩씩 들고 내리다가도 우울하다
언제부터 우울했을까
아버지도 우울하고
어머니도 우울하고
대를 이어
죽도록 일한 죄밖에 없는데
죽도록 일한 죄밖에 없는데
이보다 더는 우울할 수 없어
우울하다
우울하다

—「기계들이 우울하다」 전문

2015년 12월 24일

술고래. 지난밤 술고래가 되었다. 저녁 6시에 시작된 술자리가 파하고 버스에서 내려 다시 술집에 앉았다. 처녀가 애를 낳아도 이유가 있듯 술고래가 된 데는 다 이유가 있다. 이유를 찾아 갖다 붙이는 게 사람 사는 일이다. 애고 어른이고 다 똑같다. 술고래가 되었다. 고래는 크다. 배가 산봉우리만 하다. 바닷물을 다 마시겠다는 듯 호기도 부릴 줄 안다. 왜 술고래라는 말이 생겼을까? 고래가 물을 삼키듯 술을 목구멍에 들이붓는 것을 두고 한 말일 것이다. 그리고는 고래가 물을 내뿜듯 마신 술을 도로 토해 내기 때문일 것이다. 술고래가 되어보지 않는 사람은 모른다. 어제 나는 술고래가 되었다. 바닷물을 다 마셨다. 그리고는 제자리에 돌려놓느라 정신이 하나도 없었다. 술고래는 아무나 되는 게 아니다. 바닷물은 그대로다. 고래는 흔적이 없다. 남는 게 후회다.

이상기온. 겨울인데 겨울 같지 않다. 이상기온 현상이라고 한다. 평년 기온보다 푸근하여 꼭 봄날 같다. 눈 내리는 크리스마스를 기다리는 사람들에게는 형편없는 날씨이지만, 몸과 마음이 차가운 이들에겐 살만한 날이다. 겨울 기온이 꼭 영하로 떨어져야 하는 것은 아니지만, 삼한사온만 지켜져도 그런대로 괜찮지 않겠는가. 며칠 기온이 내려갔다가 며칠 따뜻해지는, 사람의 마음도 겨울 날씨처럼 변덕스럽기는 마찬가지다. 조금만 좋아도 웃고 조금만 슬퍼도 땅이 꺼진다. 평상심을 유지하기가 그래서 어렵다고들 한다. 마음 수양 공부를 많이 해도 막상 어떤 일에 정면으로 부딪치면 당황하는 마음 숨길 수 없다. 좋은 일과 슬픈 일 따로 구분할 필요도 없다. 이미 마음이 움직인다는 것에 초점이 가 있기 때문이다. 세월이 답이라는 말은 맞는 말이다. 아무리 기쁘고 슬픈 일이라도 세월은 다 녹아내리게 한다. 어른들이 토닥토닥하시던 말씀. 세월이 약이다. 세월이 약이야.

세월이 약. 나에게는 아직 세월이 더 필요하다. 꽁꽁 언 가슴이 녹아내리려면 봄이 몇 번은 와야 할지 짐작도 할 수 없다. 영영 녹아내리지 않을지도 모른다. 그게 나를 힘들게 한다. 아니 그게 나를 지탱해 주고 있다. 그러나 그럴수록 평상심을 찾기가 어렵다. 겨울. 삼한사온처럼 내 가슴이 얼었다 녹았다 한다. 순리처럼.

한 달, 그리고 시간. 공장 폐쇄와 희망퇴직 살벌한 한파가 휘몰아친 지 이제 한 달이 되어간다. 한 달은 짧은 시간, 한 달은 긴 시간. 나에게는 긴 시간이다. 암흑 같은 시간이다. 절벽 앞에 서 있는 심정으로 보낸 시간이다. 나 자신 답을 찾고자 하나 답이 없는 시간이다. 스스로 할 수 있는 게 없다는 결론 앞에 좌절한 시간이다. 아내와 아이들 앞에 무기력한 아버지라고 증명한 시간이다. 한 달은 아주 긴 시간이다. 감원 바람 앞에 맨몸으로 서 있는 이 땅 노동자들에게는 한 달은 아주아주 긴 시간이다. 남자들이 평생을 두고 우려먹는 군대 생활 이야기처럼 노동자들이 공장에서 쫓겨난 이야기는 대를 이어 우려먹어도 다 하지 못하는 아주아주 긴 이야기다. 내 이야기에 귀를 기울이며 맞장구를 치는 순간을 상상해 본다. 이건 남자들이 우려먹는 군대 이야기가 아니다. 밥줄에 관한 이야기다. 슬픈 이야기다. 피눈물 나는 이야기다. 쉽게 할 수 없고 쉽게 들을 수 없는 피가 튀는 이야기다.

2015년 12월 25일

양심. 공장 폐쇄 발표가 있은 지 딱 한 달이다. 성탄절. 하늘은 높다. 지난 한 달을 어떻게 표현할까? 비참과 애통과 분노. 가장의 마음. 지난 오십 년 세월이 단 한 달 만에 파투가 났다면 누가 믿기라도 하겠는가. 미래, 내일, 희망, 아니 배신, 분노, 저항, 자조로 들쑥날쑥 이어지던 마음 길. 그 길에 선지 벌써 한 달. 장장 한 달이다. 책 한 권 읽을 수 없었다. 시 한 편 쓸 수 없었다. 친구들과 정답게 담소하며 소주잔을 기울이지도 못했다. 아버지 어머니 뵙기가 힘이 들었다. 특히 아내 얼굴을 마주하는 것은 고문이었다. 대학진학을 하는 시목이 앞에 아버지로서 할 수 있는 게 없었다. 이건 현실이고, 불안한 미래였다. 한 달은 나의 가슴을 더욱 왜소하게 만들었다. 내일 앞에 불안으로 떨게 하였다. 나아가 분노하게 하였다. 그러나 지난 수십 년 몸담았던 공장을, 물꼬를 보는 심정으로 출근하고 퇴근했던 공장을, 나는 손가락질하고 욕할 수가 없다. 싹둑 잘라버릴 수가 없다. 이건 숙명이다. 어떻게 설명할 수가 없는 이 땅 노동자 양심이다. 아니 나의 양심이다.

분노한다. 나는 공장을 미워할 수 없다. 애지중지 손때가 묻은 공구들도, 들고나는 정문도, 공장에서 나는 소음도, 그라인더 불꽃도, 나는 미워할 수가 없다. 그러나 나는 분노한다. 며칠 전까지만 해도 제품 출하를 위해 밤을 지새우고 휴일도 없이 출근한 나에게 분노한다. 아무런 협의도 설명도 정상화를 위한 노력도 없이 일방적으로 공장 폐쇄를 결정한 최고 경영자에게 분노한다. 최고 경영자가 공장 폐쇄를 결정하는데 방조하고 역할을 담당한 부문별 경영자들에게 분노한다. 희망퇴직을 발표하고 면담을 통해 고통을 강요한 회사 관리자들에게도 분노한다. 조합원이 고통 속에 괴로워할 때 아무런 대책도 행동도 하지 않은 노동조합 집행부에도 분노한다. 그래서 분노한다. 잊을 수 없어 분노한다. 잊어서는 안 되기 때문에 분노한다. 다시는 있어서는 안 되는 일이기 때문에 더욱 분노한다. 분노하고 또 분노한다. 나 자신에게 먼저 분노한다.

미안하다
눈 뜨면 다가와 있는 이 아침이,
오늘, 이 아침이 미안하다
공장 기계들 이른 아침을 깨우는
햇살이 퍼진다
너와 나 사이 골고루 퍼진다
어제 동료 앞에
햇살 그 푸근함을 말하는
내 입이 거칠구나
공장 야외 작업장을 터벅터벅 걷는
이 아침이 미안하구나
오롯이 숨 쉴 수 있다는 게
더 미안하구나
나는 아직도 어제에 살고 있다
공장 처마 아래를 떠나지 못하는
망치 소리가 땅땅 답하고 있다
쿵쿵 프레스가 가슴을 치고 있다
맨몸으로 겨울을 나는
배롱나무가 고개를 끄덕인다
고막을 찢는 그라인더 소리를
줄지어 선 회양목처럼 어깨를 맞대고 싶다
이 긴 터널을 벗어나면
또, 터널이 기다린다 해도
오늘 이 아침만은 숨김없이
미안하다

—「미안하다」 전문

미안하다

1991년 12월 3일 공채를 통해 이 공장에 입사했다. 24년. 돌아보면 긴 시간이다. 1979년 2월 22일 마산에는 비가 내렸다. 비 내리는 2월. 동네 형을 따라 처음 공장(신흥기계제작소)에 발을 들였을 때 열다섯 살이었다. 고막을 찢는 기계 소리와 군대 같은 서열 속에서 기술을 익히고 나 역시 형들과 다를 바 없는 서열을 세우며 쉿밥을 먹었다. 그 속에서 기술자 형(김백규, 이태영)들 도움으로 야간 고등공민학교(중학교과정 수료)를 졸업할 수 있었다. 고입 검정고시와 대입 검정고시를 통해 고등학교를 졸업하고, 한국방송통신대학교 국어국문학과를 졸업할 수 있었다.

내 십 대는 천방지축天方地軸 럭비공처럼 어디로 튈지 몰랐지만, 잘도 제자리를 지키며 건너왔다. 모두가 공장에서 만난 형들 덕택이다. 지금은 오십. 발음만 해도 어깨가 무겁다. 지난 시간이 주마등같이 스쳐 지나간다는 표현만으로는 내가 지나온 시간을 다 말할 수 없다. 여전히 구름이 머리 위에 있고, 비 내리는 날이 많다. 바람은 또 어디서 불어오고 어디로 가는지 몸과 마음을 흔드는 날이 더 많다. 여전히 서 있기에도 하루하루가 벅차다. 처음 공장에 두 발을 들였을 때나 수십 년이 지난 지금이나 나는 여전히 공장 앞에 서기만 하면 가슴이 떨린다. 이 떨림이 나와 공장 사이를, 관계를 잘 말해 주고 있다.

경상남도 의령군 유곡면 상곡리 907번지 눈 뜨면 보이는 것이라고는 산과 골과 하늘뿐인 고향에서나, 마산시 석전동 263-9번지 낯설고 물선 도시에서나 아버지는 식구들을 건사하느라 편안한 날이 없었다. 그만큼 어깨와 다리가 야위어지셨고, 어머니는 또, 그만큼 허리가 굽으셨다. 큰 누님과 작은 누님은 젊었던 시절 사진 속에서 추억을 건져 내시고, 동생네도 줄줄이 조카들 머리가 굵어졌다. 그러고 보니 가족사진을 다시 찍어야 할 것 같다. 아이엠에프 외환위기에 태어난 시목이가 대학 입학을 하고, 노사가 한 치 양보와 타협 없이 팽팽하게 앞만 보고 달리던 1995년에 태어난 아들 상목이가 군인이 되었다.

불붙은 드럼통이 공단 대로를 굴러다녔던 시절이 있었다. 머리띠와 깃발과 노동해방을 외치는 함성이 공장 지붕을 들었다 놓았다 하던 때가 있었다. 그때나 지금이나 봄이면 공단 대로가 눈부시다. 줄지어 선 벚나무에는 꽃이 만발하고, 공장 화단에는 어김없이 토끼풀 꽃이 핀다. 점심시간이면 누구랄 것 없이 토끼풀 꽃 앞에 쪼그리고 앉아 행운을 찾느라 고개를 숙인다. 자연의 이치理致를 누가 거부할 수 있을까? 그런데 지금은 노동해방 대신 고용보장을 외치며 머리띠를 매고 있다. 우리가 아니라 내가 살아남기 위해 고래고래 목소리 높이고, 성질을 삭이지 못해 안전모를 내팽개치기도 하면서 살벌하게 하루하루 살아가고 있다. 그 또한 자연의 이치라 해야 할까.

봄은 마음이 생기生氣를 찾고, 지난겨울을 잘 견뎠노라 자신을 위로하는 계절이다. 봄이 가면 여름 오고 여름이 오면 봄이 가는 것은 예나 지금이나 변함없는데, 공단 하늘을 뒤덮었던 그 함성들은 벚나무에 꽃잎이 떨어져 흩날리듯 흔적이 없다. 그 많은 날을 뒤돌아보며 지나온 시간 앞에 꿇어앉아 반성한다. 오늘이 캄캄하고 내일이 더 캄캄할지라도 반성할 나이가 되었다. 내 손을 잡아주던 형들과 내가 손을 잡아 주었던 아우들 이름을 하나하나 새겨본다. 이제 공장에 남아 있는 형들이 몇 명이나 되나, 그러고 보니 내가 벌써 오십이 넘었다.

징계와 해고와 구속의 악순환 속에서 회사와 노동조합과 정부가 한 치 앞을 내다볼 수 없었던 1990년대. 노동탄압 규탄 집회에 참석해서 최루탄과 곤봉과 닭장차와 마주하고 섰을 때 아들 상목이가 태어났다. 1995년. 이때만 해도 하늘은 높고 푸르렀다. 재벌이 부도나고 중소기업이 줄도산하고, 노동자가 유례없이 공장에서 쫓겨났던 1997년 아이엠에프 외환위기 때 딸 시목이가 태어났다. 나라가 부도날 처지에 태어난 아이들, 1997년생은 그 이후에도 수많은 우여곡절을 겪으며 2016년 고등학교를 졸업하고 자신의 미래를 책임질 나이가 되었다.

1997년 아이엠에프 외환위기 때 재벌이 망하면 나라가 망할 것처럼 떠들어대던 언론은 2010년대가 저물어가도 똑같이 앵무새처럼 입을 벌리고 있다. 재벌이 망해도 나라는 망하지 않는다는 것이 이미 증명되었는데도 믿지 않는다. 믿지 않는 이유를 어디서 찾을 것인가? 지금 숨 쉬고 내뱉는 자연스러운 일에서부터 입고 먹고 잠자는 삶 전반에 걸친 모든 것이 자본에 종속당한대서 그 이유를 찾는다면 답이 될까. 답을 찾아도 문제를 해결할 용기가 없다. 방법이 없다. 뼛속까지 자본에 점령당해 있기 때문이다.

가만히 돌아본다. 벗어나면 안 될 것 같은 레일 위에서 벗어나기도 하고, 다시 그 레일 위에 몸을 싣고 눈물을 흘리기도, 가슴을 치기도 하면서 꺼지지 않는 불구덩이 속을 잘도 건너왔다. 오늘, 지금 여기까지 와 보니 우리는 없고 나만 있는, 오십이라는 고개다. 숨이 가쁘다. 목이 탄다. 한 발짝도 더 나아가지 못한다. 아버지 어머니 보기 부끄럽다. 동생 앞에 미안하고, 두 누님 앞에 더 작아진다. 함께 머리띠를 매고 막걸릿잔을 비웠던 지난 동료에게 한없이 미안하다.

내 30대와 40대는 너무 젊었다. 생각은 짧고, 가슴이 먼저 뜨거웠다. 대안 없는 행동이 화를 불러오기도 하고, 열정이 강을 건너는 다리가 되기도 했다. 더듬어 보면 나름 누군가의 뒤에 그림자처럼 처져 있지도 않았으며, 목소리를 목구멍 속에 가둬놓지도 않았다. 컵라면을 먹어도 언제나 열정이 넘치던 나의 30대. 자부심 하나로 버텨낸 나의 40대. 30대와 40대를 지탱해 준 가슴속에 50대의 시작과 함께 찾아와 내 가슴속을 송두리째 흔들어 내려앉게 하는 이 실체를 어떻게 받아들여야 하나? 나에게 물어본다. 당신에게 물어본다. 아침과 저녁, 밤과 낮 두 손 모아 물어본다. 당신의 밥은 안녕한가?

바람이 분다. 큰바람이다. 파도가 몰려온다. 큰 파도다. 아이들 얼굴이 흔들리고 늘 내 곁에 있을 것 같은 내일이 흔들리고 흔들린다. 그 흔들리는 내일 앞에서 다시 30대의 열정과 40대의 자부심을 생각해 본다. 그게 오십 대라면, 이제 받아들이고 안아야 한다. 나에게 벅찬 오십 대. 그 오십. 그러고 보니 당신도 이미 오십 대라는 것을 내가 잊고 있었다. 바람과 마주 서서 파도를 안으며, 오늘은 내가 당신 뒤에 서서 가만히 안아주고 싶다.

한 해 마지막 날 한 해 첫날을 상상해 본다. 첫날이 희망으로 가득했던 적 없었다. 그렇다고 첫날이 꼭 절망적이었다고 말할 수도 없다. 일기장을 펼치지 않아도 알 수 있는 것은 한 해 첫날과 한 해 마지막이 별반 달랐던 적 없었다. 떠오르는 해가 어제와 오늘이 다르지 않듯, 지는 해도 오늘과 내일이 다르지 않다는 것을 안다. 다만 이 땅 노동자에게는 오늘과 내일 아침이 다르다. 밥은 변함없는데 밥이 다르다. 가혹하게 다르다. 특히 일자리를 빼앗긴 노동자에게는 가혹함을 넘어 처참하다. 이 처참한 심정으로 한 해 첫날을 맞고 있을 동료를 생각한다. 기도한다. 내가 할 수 있는 게 아무것도 없다는 것을 알지만, 그래도 우린 살아야 할 이유가 있다. 우리가 건너온 강이 타고 넘은 고개가 깊은 골이 말해 주고 있다.

공자는 오십을 지천명知天命이라 하여 하늘의 뜻을 아는 나이라 했다. 지금 오십 대를 공자가 대한다면 과연 공자는 어떤 명언을 남길까? 혹, 나이 오십은 자본의 뜻을 아는 나이라고 하면 비약일까? 공자가 살아와도 어쩔 수 없겠지만, 나이 오십은 자본의 뜻을 알고 스스로 자본 앞에 무릎을 꿇거나 자본 앞에 마주 서서 가슴을 펴거나 하는 나이라 해도 틀린 말은 아닐 것이다. 대한민국 노동자 나이 오십은 어중간한 나이다. 추억을 불러오기에도 추억을 만들기에도 아주아주 어중간한 나이다. 오십은.

이쪽과 저쪽의 경계는 시간에 있는 것이 아니라 마음에 있음을 누군들 모르겠느냐마는 시간의 꼬리에 매달려 나는 무슨 생각을 하는가. 아내와 딸이 집을 비운 사이, 어둠이 내려앉는 동안 가만히 꿇어앉아 지나온 일 년을, 일 년의 처음 첫날을 더듬어 본다. 오롯이 남아 있는 첫날의 기억, 한 해의 마지막과 첫날을 눈앞에 두고서 무슨 거창한 계획을 만드느라 바빴던 모양이다. 새까맣게 말라 있는 잉크 자국을 따라 시작부터 계획은 금이 가 있었다는 것을 이제야 깨닫는다. 오십 대는 다시 시작하는 나이가 아니다. 공자가 살아오면 스스로 머리를 긁적일 나이다. 그 나이가 오십 대다. 혹독한 시간이다. 너에게 나에게 이 땅 노동자들에게 우리 모두에게. 오십 대는 가혹하다.

어둠이 내리고
십이월,
그렇게 왔다
도시의 밤을 점령해 버린 고양이처럼
어둠 속을 뚫고 왔다
사람들 등 뒤에 앞에 짐짝처럼
그렇게 왔다
분명, 내가 온 길마저 보이지 않고
갈 길마저 보이지 않는 십이월
사실 말하자면 바람이 좀 불었고
눈앞이 캄캄하여 온몸이 흔들리고
그런, 마음이 바쁜 때가 있었다
하루해가 어떻게 솟아 어떻게 지는지를
몰라도 좋은 때가 있었다
그래, 십이월이다
십이월은 번번이 출발이 되지 못했다
온 길만 돌아보다
온 길도 갈 길도 놓치고 마는
너무나 익숙한 십이월
십이월이 또, 슬그머니 왔다
내, 등 뒤에
앞에

—「십이월」 전문

2015년 11월 26일 목요일. 회사는 노동조합과 사전 협의 없이 일방적으로 두 개의 공장 중에 2공장을 폐쇄한다는 공고를 했다. 나아가 공장 폐쇄에 이어 사무직군 희망퇴직을 시행하고, 사무직군 희망퇴직이 마무리되면 기술직군 희망퇴직을 시행한다고 밝혔다. 노동조합이 항의함에도 불구하고, 희망퇴직 조건에 관한 내용을 임시 노사협의회를 통해 일방적으로 공지하였다. 공장 폐쇄 이유는 수주 저하로 인한 매출 감소, 그로 인한 고정비 지출을 줄이기 위해 어쩔 수 없다는 것이 그 이유였다. 공장 폐쇄를 발표한 오늘까지 공장은 쉬지 않고 제품을 생산했으며, 지금도 용접 불빛과 그라인더 불꽃, 여기저기 망치 소리가 공장을 가득 메우고 있다.

회사는 고정비를 줄이기 위해 어쩔 수 없다는 주장을 하지만 생산된 제품과 견주어 보면 아무도 믿지 않았다. 공장 폐쇄 통보는 일방적이고 횡포라고 밖에 생각할 다른 이유를 찾을 수 없었다. 나아가 노동조합이나 근로자 대표를 통해 사전 협의나 자구책 노력 같은 것은 일절 하지 않았다. 그러면서도 희망퇴직을 원하는 숫자가 몇 명인지를 밝히지 않았고, 희망퇴직을 원하지 않을 시, 즉 회사가 원하는 숫자만큼의 희망퇴직자가 나오지 않을 시에는 절차에 따라 인원 정리에 들어가겠다는 말을 공공연하게 하였다. 이건 이미 협박이었다. 그 협박에 우린 분노하지 않을 수 없었다.

노동조합에서 노사협의회를 요청하여 사전 협의 없는 공장 폐쇄 발표와 희망퇴직자 모집에 대한 불합리에 대해 항의하였다. 그러나 회사는 처음 밝힌 것과 같이 고정비를 줄이기 위해 어쩔 수 없는 선택이라고만 하며 이해를 구했다. 이해할 수도 이해했어도 안 되는 일에 우린 왜 침묵하는가. 침묵은 금이라고 배웠다. 모난 돌이 정 맞는다는 말을 귀에 딱지가 앉도록 들으며 자랐다. 맞는 말인지도 모른다. 하지만 침묵은 많은 것을 가져다주기도 하지만 때때로 자신의 목을 조이기도 한다. 지금은 침묵할 때가 아니다. 노동자들이 침묵하는 것은 노동자임을 포기하는 일이다. 밥을 포기하는 일이다.

공장을 폐쇄하고 희망퇴직자를 모집하고 희망퇴직자 숫자가 일정 정도 나오지 않으면 인원 정리 절차를 밟겠다는 회사가 이해를 구한다는 게 말이 되지 않았다. 말이 되지 않지만, 말이 되는 게 현실이고, 조합의 대응도 한계가 뚜렷했다. 1차 면담을 통해 희망퇴직자를 모집하고 회사 관리자들이 희망퇴직을 유도하였으나 희망하는 사원이 10여 명밖에 나오지 않자 회사는 2차 면담자를 선정하여 2차 면담을 실시하였다. 2차 면담자에 포함된 조합원들은 본인이 왜 2차 면담자로 선정되었는지 알 수 없었으며, 2차 면담과정에서 회사 관리자의 노골적인 퇴사 종용을 받아야 했다. 2차 면담이 끝나고 희망퇴직자 모집 마지막 날 많은 조합원이 희망퇴직서에 서명하였다.

희망퇴직을 시행한 결과 약 40%의 조합원이 일터를 떠났다. 사무직군 역시 약 40% 이상이 일터를 떠났다고 하니 회사의 희망퇴직 기준은 약 40% 수준임이 밝혀졌다. 40%라면 조직을 완전히 풍비박산風飛雹散 내는 수준이다. 그리고 회사는 남아 있는 사원들이 가질 불안을 해소하기 위해 최고 경영자가 더는 구조조정은 없다고 못 박지 않았다. 얼마의 시간이 흐른 후 노사협의회를 통해 회사 대표가 더는 구조조정은 없다고 약속했으나 아무도 믿지 않았다. 나아가 앞으로의 경영 비전에 대해 발표하지 않음으로써 불안감을 가중시켰다. 그 이후 공장에 남아 있는 우리는 공장에 출근하는 것이 이제는 불안과 하루하루 싸우는 일임을 알게 되었다.

한 공장이 완전히 폐쇄되고 그 공장에 남아 마지막까지 일했던 노동자들이 다른 공장(1공장)으로 이동하였다. 협력업체 노동자들 역시 이동을 하였으나 많은 노동자가 일자리를 잃었다. 공장 한 개가 폐쇄됨으로써 실직은 사무직군 기술직군 협력업체 노동자를 가리지 않고 쓰나미처럼 휩쓸고 지나갔다. 심지어는 협력업체 자체가 문을 닫은 곳이 한두 군데가 아니다. 수백 명의 노동자가 수십 년 동안 왁자하게 부대끼던 공장에는 이제 망치 소리 하나 없는 고요만 남았다. 불 꺼진 공장 앞을 지날 때면 나도 모르게 눈물이 났다.

희망퇴직이란 이름으로, 반강제로, 많은 노동자가 공장을 떠났다. 그것으로 끝이 아니다. 남아 있는 노동자 중 젊은 후배들은 오늘도 새로운 미래를 찾고 있다. 끝없이 또 다른 선택의 길 앞에 서 있는 것이다. 강한 바람이 지나간 자리는 휑하다. 사람의 마음도 그렇다. 아이들 교육문제나 나이 등으로 인해 다른 직장을 구하지 못한 선배 노동자들은 감히 떠날 생각조차 하지 못한 채 이루 말할 수 없는 불안을 안고 있다. 하루하루가 불안한 삶의 연속이다. 누가 뭐래도 우리는 불안과 한 몸이 되었다.

얼마나 자본의 얼굴이 두꺼운지 수많은 노동자를 공장 폐쇄와 희망퇴직이란 명목으로 공장에서 내몰고도 누구 한 사람 경영인으로서 책임지는 사람이 없다. 저 자신이 선택한 일이니 모든 것은 선택의 결과이니 선택이란 놈에게 책임을 전가하고 있다. 아무도 자신이 경영자로서 경영에 실패했다는 것을 인정하지 않고 있다. 아니면 애써 외면하는 것인지 묻지 않을 수 없다. 그래서 수십 년 밤낮을 가리지 않고 납기를 맞추느라 애쓴 나 자신이 비참하고 나 자신에게 먼저 분노할 수밖에 없다. 분노가 단순한 분노로 끝나든 그렇지 않든 지금 나는 새로운 시간 앞에 서 있다. 시간은 언제나 내 편이 아니라는 것도 알고 있다. 그러나 나는 미워할 수가 없다. 지금까지 내가 걸어온 투박한 길을, 그 길옆에 핀 작은 꽃들을, 여름이면 땀을 식혀주던 정자나무는 어떻고, 따뜻한 햇볕들 모여앉아 재잘거리는 언덕 아래는 또 어떻고, 그래서 나는 이 시간을 또, 소중하게 안을 수밖에 없다.

새로운 시간은 가슴을 설레게 하고, 두 눈을 반짝거리게 하고, 쿵쿵 심장 소리를 크게 울리게도 하지만, 꼭 희망이 되는 것은 아니다. 그렇다고 희망을 버릴 이유를 찾는 것은 어리석은 일이다. 내가 찾지 않아도 현실은 언제나 희망과 절망을 오르내리고 있기 때문이다. 언제나 희망적이거나 언제나 절망적이거나 하면, 울거나 웃을 이유가 없을 것이다. '미안하다' 이런 말도 없을 것이다. 그래서 오늘 나는 시간 앞에 미안하다. 희망퇴직으로 공장을 떠난 동료에게 미안하고, 딸 시목이게도 미안하다. 무엇보다 아내에게 미안하다.

산사 풍경 소리가
시간을 말해 주고 있다
바람이 가만 왔다 가는 것이
시간이라면
모든 시간은 다 새것이다*
나에게도 시간이 파릇하게 주어졌지만
점점 굳어지는 반죽처럼
누가 시간을 화석으로 만들고 있나
한 생이 시작과 끝으로 되어 있다면
시작도 처음이요
끝나는 순간도 새것이다
봄날 여린 풀들이 대신 말해 주고 있다
학교에서도 공장에서도
시간은 언제나 제자리에 있다고
수학처럼 항변할지 모르지만
나는 한 번도 시간 앞에 당당하지 못했다
풍경소리에도 쉽게 가슴이 콩콩거리고
갈수록 심하게 어깨가 처지느라
하루를 어떻게 숨 쉬는지
모르는 나이가 되었다
한 때의 바람이 초침처럼 지날 때마다
시간은 다시 태어나지만
다만 내가 모르고 있을 뿐
나는 오늘도 새로운 시간을 살고 있다

—「오십 세」 전문

* 문정희 산문집 『문학의 도끼로 내 삶을 깨워라』 중 「오늘보다 더 젊은 나는 없다」 중에서